LOCUS

LOCUS

LOCUS

LOCUS

文字與繪畫 文學與美學

together

Together 01

我們扭曲的英雄

우리들의 일그러진 영웅

作者：李文烈

繪圖者：權史友

譯者：盧鴻金

責任編輯：林毓瑜　美術編輯：謝富智

法律顧問：全理法律事務所董安丹律師

出版者：大塊文化出版股份有限公司

台北市105南京東路四段25號11樓

www.locuspublishing.com

讀者服務專線：0800-006689

TEL：(02) 87123898　FAX：(02) 87123897

郵撥帳號：18955675　戶名：大塊文化出版股份有限公司

總經銷：大和書報圖書股份有限公司

地址：台北縣五股工業區五工五路2號

TEL：(02) 89902588　FAX：(02) 22901628

排版：天翼電腦排版印刷有限公司　製版：源耕印刷事業有限公司

初版一刷：2005 年2 月

定價：新台幣 200 元

Printed in Taiwan

我們扭曲的英雄

李文烈 著
YI MUN-YOL
權史友 繪
盧鴻金 譯

導讀
政治寓意與生活的眞實

崔末順（台北科技大學通識中心兼任助理教授）

一九八七年發表於《文學思想》月刊，榮獲在韓國文壇頗具份量的「李箱文學獎」第十一屆大賞殊榮的李文烈作品《我們扭曲的英雄》，係以韓國自由黨政權末期作爲時代背景，敘述發生在鄉間小學教室裡，一個小孩夾在權力與個人尊嚴縫隙中，艱辛地掙困求存的故事。這篇小說將主要人物班長嚴錫大塑造成典型的權力掌控者，而將圍繞在他周邊的班級同學描繪成隨時可依附權勢、又隨時可以變節背叛的機會主義者，一方面道出權力的無常性格，另方面也對那些寄生權勢的應聲蟲，提出辛辣的批判。由於故事背景設定在爆發四一九革命前後的一九六〇年代，多少帶有嘲諷政治的寓意在內。這裡，自由黨執政末期的政治環境，正是民眾不堪長期受到李承晚政權貪污腐敗的獨裁統治，起而發動四一九抗爭，終於獲得全民民主革命成功的時期。因此，小說藉由作品中人物與事件的鋪陳演繹，固然容易讓人聯想為六〇年代韓國政治情勢的縮影，但它所描繪的權力體制巧妙的鞏固技術，以及相應於此的一般民眾的應對機制，仍可看作是突破時代框架，在任何社會任何空間都可能存在的普遍價值，因而更能引起讀者高度的共鳴。

這篇小說是以第一人稱的「我」——韓秉泰回憶三十年前往事的形式展開。「我」在自由黨政權末期，隨著因不懂阿諛上司被迫貶職地方的父親，轉學到鄉下小學。轉入這間小學的「我」，不久就發現，整個班級幾乎很綿密地掌控在擁有絕對威權的班長嚴錫大的手中。班長就好像喬治．威爾斯的小說《一九八四》中出現的全體主義權力機關的「老大哥（Big-Brother）」一樣，控制壓榨著全班同學，而同學也不管情不情願，只得在他麾下言聽計從，將他奉爲上典，供他使喚，不時還得上納便當飯菜，端水跑腿。不過，班長也並非全然以高壓的手段欺負同學，偶爾會相當有技巧的要脅利誘，偶爾也會以無形的懷柔策略，迫使同學屈膝低頭，心甘情願的靠攏過來接受自己的領導。在某個方面來說，他算得上是一個高明的政治人物了。

韓秉泰剛開始無法容忍這種處處得聽命班長行事的班級運作模式，尤其對一個已經過慣都會小學民主、自由生活的他來說，呼應班長的專橫跋扈，簡直就是損害個人尊嚴的無恥勾當，因此他毫不猶豫地起身與班長對抗。然而無論他抓住班長錫大的把柄幾次，試圖戳破他的假面具，但都徒勞無功。在這樣的交手過程中，對手並未直接向他正面回擊，反而是以嚇阻靠近秉泰身邊同學的方式，技巧地圍堵他，把他孤立起來。此外，錫大又暗中教唆親密手下，處處與他爲難，讓他過著毫無朋友、痛苦不堪的生活。至於班級導師則顯得相當無能，明明知道錫大帶領的班級暗藏問題卻視若無睹，完全信任他，放手讓他去管。這樣經過多次的挫折後，秉泰與錫大纏鬥下去的意志終於開始動搖，而且相當詭異的，在他遭到同學排擠或欺侮的時候，錫大總會適時的出現，伸出溫暖的手幫他解圍。這種情形持續幾次後，秉泰逐漸有了感激之心，同時爲了能立足於班上，秉泰最終還是棄械投降，與獨裁者妥協了。

升上六年級之後，換了一位新導師，由於新導師的民主意識與開明作風，錫大不再擁有絕對的權力，再加上錫大靠同學代考作弊才拿到全校第一名成績的事情東窗事發，錫大建立的王國終於徹底地崩塌解裂了，而過去跟著他作威作福的同學，此時也開始見風轉舵，指控他的霸道與諸多劣跡。導師重新推動班級自治會運作的改革措施，導引自治會走上民主體制的正軌，班級秩序最後得以恢復正常。

其後長大成爲社會人士的韓秉泰，生活在充滿虛僞、到處充滿陷阱的現實社會裡，偶爾會鄉愁似的想起嚴錫大。小說的結局是秉泰在一次帶著家小到江陵避暑度假時，無意中發現錫大被警察逮捕帶上手銬，從他眼前擦身而過。

我們從以上小說梗概的敘述可以知道，這篇作品藉著發生在鄉下小學的權力鬥爭過程，訴說的是人類社會絕對權力的虛幻無常，批判的則是那些處在不合理的現實社會，輕易就向利益妥協，成爲順從主義者的小市民。同時它也促使我們深切地反省思考，適合我們生活的社會該是何種樣貌，而我們又應如何生活才更具有意義等的問題。當然，小說並未直接明瞭地告訴我們答案，它以嚴謹的結構，毫無冷場的情節編寫，推動著讀者津津有味的看完作品。這種敘述技巧或可由李文烈一向擅長「說故事」的本事來做說明，尤其主人公心理變化的細膩描寫，更可見作家的文學創作功力是多麼的堅實渾厚。

李文烈是韓國八〇年代的傑出作家，他自一九七七年登上文壇以來即展開活躍的創作活動，至今已發表有數十篇的長、中篇小說，在韓國文壇，可說是少數能夠在質和量同時就獲得極高評價的優秀作家之一。李文烈的小說，幾乎毫無例外的在出版的同時普遍受到讀者的青睞和喜愛而成爲暢銷書。此外，他還幾乎拿遍韓國文壇頒給文人作家的所有文學獎項，足見他的受歡迎程度。包括一九七九年，他以《人之子》榮獲第三屆『今日作家獎』；一九八二年，以中篇小說《金翅鳥》獲得第十五屆「東仁文學獎」；一九八三年，以《爲了皇帝》獲得第三屆

「大韓民國文學獎」；一九八四年，以《英雄時代》獲得第十一屆「中央文化大獎」；一九九二年，以《詩人和小偷》榮獲第三十七屆「現代文學獎」等等。不僅如此，他的《金翅鳥》、《我們扭曲的英雄》、《那年冬天》、《詩人》等作品，還分別被翻譯成英文、法文、德文、義大利文、瑞典文、西班牙文、中文等外語版本介紹到世界各地，這些作品在英國和法國受到當地讀者的關注和迴響，已經超脫西方讀者對東方異國風貌的純然好奇層次，在藝術方面也同樣獲得極高的肯定評價。

不過，李文烈在韓國文壇的地位，與其說是在他這些外在的業績，毋寧說是他的作品在質方面的成就，也就是說，因爲他的寫作成就，讓他獲得了在韓國現代文學史上奠立劃時代里程碑的美譽。李文烈文學蘊藏的力道，亦即他的小說帶給讀者感染力的源泉，很難以一句話來概括形容。綜合評論家的見解，首先值得提出的是，他擁有一如百科全書般的淵博學識；閱讀他作品的讀者，往往可從他的作品當中獲得人文藝術、社會科學等等領域的知識，而這些知識反而不易從相關專業書籍取得，畢竟伴隨著小說引人入勝情節發展的閱讀，更容易消化吸收。

此外，李文烈的說書才幹使得他的創作在結構的鋪陳安排，展現出相當獨步的圓熟技巧。而且比起其他作家，他採用的材料包羅萬象，從民眾身邊的題材開始，例如勞動者、孤兒院、監獄、軍營、校園生活等等的內容，到宗教或神學問題，乃至舊石器時代的洞窟壁畫和紀元前五世紀的希臘城邦，都曾被他拿來放到作品裡探討。

不僅如此，藉著乍看像是隨手拈來的題材，他卻能深掘問題之核心所在。有時甚且讓人有賣弄才華之感的展現出很多領域的專業素養，常常讓專家學者折服甚而敬佩不已。李文烈將自己浩如瀚海的學識，歸因於長期的閱讀和歷練；按照他自己的說法，身爲「小造物主」的作家在創造作品這種小宇宙時，總是必須將其所知所能揮灑得淋漓盡致方可休止。

另外，就李文烈的寫作風格來看，他的體裁給人的印象是，悠長而節奏緊湊，感性又知性十足，蘊含邏輯而且正確書寫。也就是說，李文烈作品題材選取的多樣性、像是炫耀而又合乎邏輯的抒寫技巧，以及嚴謹紮實的結構編排，在在都能打動讀者的心弦，引起讀者對人類、歷史、社會等諸多問題的思考，這是評論家普遍給予李文烈文學創作的肯定評價。

相對於這些形式上的肯定評價，在小說主題方面的看法就比較負面了。悲劇的世界觀、浪漫主義的世界認知、虛無主義的性向、傾向無政府主義的思想等等，無一不是呈現較爲負面的理解。這或許是由於八〇年代韓國的小說作品多少都折射出民眾爲生存和民主而鬥爭的傾向，但李文烈小說卻與此保持了一定的距離；再加上進入九〇年代後，他的保守政治立場更應驗了這種評論。的確，我們透過他的小說很難讀出面對未來正面的展望與出路。他的這種態度就如他作品中一再披露的，由於父親韓戰後的投向北韓，在以反共意識爲主導的南韓社會裡，造成他屢屢感到作爲人的價值被強制剝奪，同時無可奈何的孤兒意識也油然而生。因此，在他大部分小說中的主人公，往往是個被丟放在與自我意識無關，卻極其不合理的社會中，爲找尋身分認同徘徊徬徨而不受一切規範制約的「被投放的」存在者；而且，他們斷然拒絕壓抑個人的自我或個性的抽象價值體系及理念，著重在價値的相對性與多元性。他們雖然對生活不抱樂觀，卻也認爲生活本身是人類在世間唯一擁有的東西。像這樣，李文烈對變革的意識形態始終抱持著懷疑的態度，自然很容易被那些重視文學社會功能的批評家，視爲體制的順從者。

研究者金旭東指出，這是存在主義的世界觀。這種傾向也出現在《我們扭曲的英雄》作品裡。乍讀之下，這篇小說與一般通俗寓意小說一樣，不法獨裁者的結局終於垮台，遭到某種形式的懲罰，而原有的生活秩序也因爲理想型英雄的出現，終而得以恢復。但是這部作品成功的因素，並不在於針對狡猾的獨裁者嚴錫大扭曲生涯的刻畫敷衍，反而應該從敘述者的態度、視角及其解說來加以理解。在這裡敘述者並不只是單純描繪講述嚴錫大而已，他是實質的行爲者，也是小說裡的主角人物。因此比起嚴錫大或新班級導師之類的人物，「我」韓秉泰呈現的複合性格可說是帶給小說最高的文學境地，這個人物對嚴錫大班長體制的存在和這個體制的瓦解，同樣都感到悲傷和憤怒。

像這樣，既不對「惡」作出單細胞式的抵抗，也不對「善」盲目臣服，它是以雙重的衝突形式展現這篇小說的眞實性。讀者透過閱讀這個作品，相信將可以對圍繞在我們生活周遭普遍存在的權力及秩序結構，思索應該如何去理解與檢驗它的虛虛實實問題上，獲得一些啓發。

雖然已事隔三十年，但每當我回顧起那年春天到秋天的孤寂，以及艱辛的對抗歷程，我的心情仍會一如當年，變得茫然而晦暗。但也許這種對抗正是我們存活的過程中經常會陷入的桎梏，或許這也是我到現在仍無法從中掙脫出來而產生的感覺。

在自由黨政權迴光返照的那年三月中旬[註]，我離開曾讓我引以爲傲的漢城明

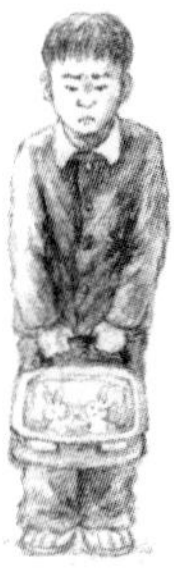

星小學，轉學到鄉下學校，原因是父親被排擠到閒職，而我們全家也必須跟著搬家。那年我十二歲，剛升上小學五年級。

轉學的第一天，母親拉著我的手踏進Y小學時，我的失望眞是難以言喻。漢城的學校是以紅磚砌成的三層宏偉校本部爲中心，再圍繞著一排一排的新校舍。

註 自由黨是南韓第一共和時期（李承晚任總統期間，一九四八—一九六〇），執政黨的李承晚總統於一九五一年八月十五日發表「新黨組織意思表明」後創立的，其後多年間合縱連橫諸多小政黨，成爲名副其實的多數黨，壟斷南韓政局，進行對自己終身獨裁有利的多項法案。在一九六〇年三月十五日的總統選舉中，由於以李承晚爲首的自由黨在選舉過程中使用各種不法手段當選，引發民心激憤，遂爆發四一九革命事件，李承晚宣佈下野，流亡美國夏威夷，自由黨亦隨之崩解。

相形之下，Y小學僅由一棟老舊的水泥建築和幾棟臨時搭建的木板房屋所組成，眞是無法形容其簡陋，我突然有種王子落難江湖的感傷。雖然「大」並不能與「好」劃上等號，但從一個年級有十六班的學校，轉到一個年級只有六班的學校時，我竟開始不由自主地瞧不起這個學校來，而這學校男女分班的迂腐制度也讓我嗤之以鼻。

讓我的第一印象更加根深蒂固的是這個學校的教務處。以前就讀學校的教務處向來以寬敞和潔淨聞名於漢城，老師們也都衣著光鮮、充滿活力；但是這個學校教務處的面積只有一間教室大，幾個衣服皺巴巴、看起來活像鄉巴佬的老師，無力地坐在教務處裡抽著菸。

當母親牽著我的手踏進教務處時，級任老師認出了母親的臉走過來迎接，我發現他與我期待中的級任老師相差甚遠。我想像中的級任老師就算不是美麗、端莊的女老師，也應該溫和又慈祥。但我的級任老師卻遠非如此，他的西裝領子和袖子上沾著白色的米酒漬痕，還有一頭未曾梳理、雜亂的頭髮，我甚至懷疑他早上洗過臉沒有。而當他似懂非懂地聽著母親說話時，我眞是對於有這樣的級任老師感到失望，也許我與他歷時一年的惡緣，在此時已埋下遠因也未可知。

這個惡緣從他稍後把我介紹給班上同學起，已露出端倪。

「他是剛轉學來的韓秉泰，以後大家要好好相處。」

級任老師只說了這句介紹詞，就把我安置在後面的空座位，然後立刻開始上課。我突然想起漢城學校的老師在介紹轉學同學時，那種摻雜著誇耀的親切，我的心馬上涼了一截。就算沒有什麼値得誇耀的事，最少也應該把我的優點讓班上同學知道，這樣對於我跟他們未來的相處一定會有幫助。

那時，我有幾項自認爲端得上檯面的事蹟。第一是學業成績。雖然我不常拿第一名，但在漢城一流的學校裡，我常保持班上前五名。第二是我有異於一般孩子的繪畫天賦，雖然不曾在全國兒童美術比賽中稱雄，但也在漢城市的比賽中得過幾次特選獎。母親曾對級任老師再三強調我的成績和特點，但他卻完全聽若罔聞。而父親的職業有時也會成爲我的助力，雖然已經從漢城調到鄉下，但我父親的職位在那個小鎭上也算是屈指可數的高級公務員。

更令人心寒的是，班上同學也跟級任老師一樣猥瑣。在漢城時，如果有新轉來的同學，班上的孩子在下課時都會高興地圍著他，問他各種問題：功課好不好啦？力氣大不大啦？家境怎樣等等，這些基本資料都會成爲以後小孩子跟他建立關係時的依據。但這些鄉下孩子跟級任老師一樣，對此毫不關心。下課時，他們只會遠遠地偷瞄著我，等到吃午飯時，才有幾個孩子圍過來，而他們問我的問題也僅是我坐過電車嗎？看過南大門嗎？等等的幼稚問題，而看到我帶的高級文具，眼裡則是充滿了羨慕與感嘆。

但是直到三十年後的今天，還讓我對轉學的第一天記憶深刻的原因，是我與嚴錫大的初次見面。

「全部閃開！」

當小孩子圍著我，問我前述的幼稚問題時，從他們身後傳來一個低沈的聲音，對不知情的我而言，我那時還以爲是級任老師回來了，那聲音聽來完全是相當成熟的變聲期的聲音。孩子們迅即退開，我也嚇了一跳，趕忙回頭一看，中間一排最後面位子的一位同學挺坐著，靜靜地看著我們這邊。

雖然進來這個班級還不到一個小時，但我也能夠認出那個孩子。依照剛才我和級任老師進來教室時，他喊「立正！敬禮！」的口令來看，他應該是班長，但讓我在六十個小孩子當中能夠立刻認出他的原因不止因爲他是班長，更因爲他單只是坐著就比別的同學高出一個頭，還有他那銳利的目光所致。

「你叫韓秉泰吧！過來！」

他用和剛才一樣低沈而有力的聲音說話，他一個手指都未曾動過，卻讓我差點兒從位置上彈起來，他的目光正以無法形容的力量吸引著我。

但是我下定決心，要以漢城城市小孩頑強、好勝的優越感加以抗拒，這是第一回戰爭——我如此認爲，並立刻決定要撐到我所能到達的極限爲止。我已經在心裡盤算好，如果一開始就讓人覺得我唯唯諾諾，那麼以後的日子絕對不會好過，也正因爲雖然不知道正確的原因，但別的孩子幾乎都絕對服從他，因此我看來就是充滿令人膽顫的傲氣。

「幹嘛？」

我挺起胸膛，用十分冷靜的聲音問他，他反而嗤笑說：

「有事情問你。」

「有事情問我的話，應該是你過來這裡。」

「什麼？」

在那一瞬間，他的眼角似乎向上一揚，彷彿懷疑自己是否聽錯，然後他又再度嗤笑。他不再張口，只是靜靜地看著我，但那種眼神太過銳利，以至於令人難以承受。我想反正已經豁出去了，就決定這也算是一種作戰，我一定要堅持下去。那時坐在他旁邊兩個身高很高的孩子站起來，走到我旁邊說：

「站起來！臭小子。」

他們兩個人看起來好像隨時要揮拳過來似的，我暗自觀察，以力氣而言，無論哪一個我都難以制勝。我頭一熱，猛地站了起來，其中一個孩子一把攫住我的衣領大叫：

「臭小子，我們的班長嚴錫大叫你過來，聽到沒有？」

那是我第一次聽到嚴錫大這個名字，聽到這個名字的瞬間，我就牢牢地印刻在記憶中——但也許那是因爲那個孩子在說這個名字時，語氣特別不同也未可知，那種感覺就好像他說的是什麼地位崇高、十分尊貴的人的名字，所以理所當然要得到尊敬和服從。

雖然這使我不由得想軟化下來，但事實上，我已無法退卻，因爲有一百多隻眼睛正盯著我。

「你們是誰？」

「我是體育股長，他是美術股長。」

「但是你們爲什麼……」

「我們班長嚴錫大叫你過去，你聽到沒有？」

我必須過去跟他俯首的唯一理由，就是因爲他叫嚴錫大，他是班長！我現在才感到這不是一件正常的事了。

過去在漢城，我所見到過的班長幾乎都和力氣大小扯不上關係。雖然有一些班長是因爲家裡富有或運動成績很好，所以人緣好到被選做班長，但最普遍的原因還是按照成績高低來決定班長、副班長的。以功能而言，班長除了職稱是種榮譽之外，實際上也不過就是介於我們和老師之間的跑腿罷了。雖然也有那種力氣很大的孩子，但用力氣來欺負、使喚別的同學的現象幾乎是沒有的。不僅因爲班長會改選，而且也是因爲那種欺壓別人的人是別的同學所不能容忍的。但是那天我卻見到一個性質完全不同的新班長。

「班長叫我算什麼？班長叫我，我就一定要馬上跑過去，接受命令嗎？」

我以漢城人特有的剛直與傲氣，固執地作最後的掙扎。

我無法理解接下來發生的事，因爲我話才說完就忽然聽到在旁邊看熱鬧的小孩子大笑起來，就好像我說了什麼可笑的話一樣。那兩個威脅我的孩子、嚴錫大，還有那五十幾個學生全部哄堂大笑，我當場愣住了。才定下神，思考著自己的話爲什麼會讓他們如此大笑時，那個美術股長忍住了笑，問我：

「照你這麼說，班長叫你可以不去？你以前是什麼學校？從哪裡來的？你們班連班長都沒有嗎？」

是我的意識屈服了嗎？我突然感覺像是做了一件大錯事似的，產生一種老師叫我，而我卻固執地不肯過去的錯覺。或者是因爲孩子們持續不間斷的笑聲讓我不自覺地產生這樣的感覺。

我躊躇地走到嚴錫大面前，他已不是先前那副大笑的模樣，而是換上一種很和氣的微笑，他問：

「過來我這裡一下，有那麼困難嗎？」

他的聲音也跟剛才不一樣，換成一種深情的語氣。我被他寬大的雅量所感動，甚至差點搖頭。雖然我的主觀意識已然平息，但因爲我仍隱約感受到他想支配我的心理，才阻止了我做出丟臉的事來。

嚴錫大確實是個令人驚訝的孩子，他一下就消除了我被迫到他面前產生的不快，而且連我對級任導師的不滿也一併消除了。

「你在漢城讀什麼小學呢？那個學校多大？當然是比我們學校好得多吧？」

他先這樣問，當場就給了我一個機會，讓我能爲我以前就讀的學校——三個年級超過二十班、有將近六十年的傳統，以及當年的升學考試中，有九十名學生考上京畿中學的漢城學校——誇耀的機會。

「你功課怎麼樣？在那裡考第幾名？有什麼專長呢？」

他又這樣問，也讓我有機會誇耀自己在四年級時，國語科目領過優等獎（那時在那學校中，會按照不同科目發給優等獎），和前一年秋天在景福宮舉行的兒童美術競賽中得過特選。

不僅如此，他好像已經讀過我的心思似的，還問了我父親的職業和家裡的生活水準。拜他所賜，我不曾給同學們留下特別自誇的感覺，卻把在郡廳的地位僅次於郡守的父親，和家裡有收音機，以及包括掛鐘在內有三個時鐘的富裕，都完全呈現在孩子們的面前。

「很好……那麼……」

聽完了我說的話，嚴錫大像大人一樣，雙手抱胸，好像在思考什麼似的，然後用手指著他那排最前面的座位說：

「你坐那裡！那裡是你的座位。」

那突然的指示讓我稍微回過神來。

「可是老師叫我坐那裡……」

我突然像是恢復了漢城的記憶一般而頂起嘴來，但剛才的勇氣卻蕩然無存。嚴錫大像是沒聽到我的話似的，說：

「喂！金榮秀，你跟韓秉泰換座位！」

錫大一說，坐在那個位子的小孩子就毫不遲疑地整理好書包。那種徹底的服從像一股奇妙的力量朝我襲來，我遲疑地想抵抗一下，但終究還是換了座位。

但是，那一天之內又發生了兩件我前所未聞的事。

一件是在中午吃飯的時候。錫大跟我的對話結束後，他就把飯盒放在桌子上，同學們也都開始打開飯盒。其中五、六個小孩好像拿著什麼東西似的走向錫大。那些小孩將蒸地瓜、雞蛋、炒花生、蘋果等東西放在錫大的桌上。然後一個坐在第一排的孩子倒了一瓷杯的水，恭敬地放在錫大面前，簡直就好像郊遊時對待級任導師一樣。可是錫大連一句「謝謝」都沒有，就全部收下了，最多只是對帶雞蛋來的孩子微笑一下而已。

另一件是發生在第五節課的下課時間。我旁邊的兩個小孩不知道爲什麼打了起來，一個孩子流了鼻血。圍觀的孩子把其他事情都撇開，先去找錫大，就如同漢城的孩子出了什麼大事時先找老師一樣。不久以後，被叫來的錫大處理方式也跟老師沒有不同：用急救箱裡的棉花塞住那小孩流鼻血的鼻孔，讓他仰躺在椅背上；另一個小孩則被打了幾下，被處罰在講台上舉手跪著。兩個孩子都溫順地聽從錫大的話。更加不可思議的事是第六節上課的時候，走進來的級任導師仔細聽了錫大的報告後，用打板擦粉筆灰的棍子狠狠地打了那個被罰跪的小孩。我認爲嚴錫大行爲越權，但老師卻確信錫大的處理正確。

那天放學回家後，我開始再一次仔細思考這個新的環境和秩序。我突然進入這個學校，對環境強烈的陌生感導致精神上出現麻痺作用，而那種強烈壓抑我的既有秩序所伴隨而來的嚴重威脅感，讓我的頭腦朦朧地像一團迷霧，什麼也無法思考。

十二歲，還是容易以孩子的天眞來處理事情的年紀，雖然白天鮮明的記憶仍隱約消沈我的意志，也仍麻痺我的精神，但我依然決定，無論如何不能被納入這個新的環境與秩序之中，原因在於我過去所引以爲傲的原則——也就是成人所說的合理與自由——和他們大不相同。雖然我還沒有直接經歷，但我已然可以預見，若我接受被納入這個新秩序和新環境的安排，將必須承受許多超乎想像的不合理和暴力，而這似乎是個已經註定的事實。

但是對抗成功的景象卻是陰霾到令人無法置信。首先要從哪裡開始？跟誰對

抗？用怎樣的方式對抗？當時我只是確實地感覺到有一種錯誤的存在，如果再次以大人的話來說，這種錯誤就是以不合理與暴力爲基礎的巨大不義，但這對那時的我而言，其實是無法具體理解以及應對的。事實上，就是對於現在年近四十歲的我，也不敢說有完全的自信。

沒有哥哥的我之所以將嚴錫大的事情告訴父親，或許就是因爲那種鬱結難解的心情吧！我先將那天嚴錫大的行爲告訴父親，然後想問問他我以後應該怎麼辦，沒想到父親的反應竟如此地出乎我的意料之外。在我好不容易說完嚴錫大的行爲後，原本想問問他的意見時，父親竟然語帶感嘆地說：

「嗯！眞是了不起的孩子，他叫嚴錫大是吧？現在就這樣，以後一定是個大人物。」

父親根本不在乎那些不公平事實的存在。我火氣一上來，講起了我們漢城學校班長選舉的合理制度，講起了我們毫無限制的自由，但父親卻認爲我對那種合理與自由的執著只是一種軟弱的標誌。

「沒出息的傢伙！你爲什麼只想一直置身人群之中呢？你爲什麼認爲自己不能當班長呢？你應該要想想看，如果你當了班長，要怎麼樣才能做得比他更好？」

接著他又勸我，不要對班上同學所陷入的不幸狀態和引發那種不幸狀態的制度生氣，而要緊緊地盯著嚴錫大所佔據的班長的位子。

可憐的父親，直到現在我才瞭解他。當時正是他從中央部會的黃金職位調到鄉下郡廳的總務課長，忍受了太多的屈辱和無力感的時候。當上級長官初次巡視時，他沒有跑出去迎接，而是埋首做自己的事，正是這種對直屬局長的過度忠誠而種下調職的惡果，所以那時候父親對權力的渴望比以前要大得多。但其實父親一直是個明理的人。小時候因爲我比較聰明伶俐，而在外面打別的孩子時，母親總是分辨不清，認爲我是因爲聰明才會欺負別人，而爸爸總是責怪她。

不過當然在那個時候，我是無法瞭解這所有事情的，我只是對父親的突然改變感到困惑不解。父親可說是僅次於學校老師可以影響我意志決定的人，但他的改變加重了我的混亂。我不僅從他那裡聽不到抗爭所必須具備的策略，結果連對於判斷需不需要奮起抗爭的基準都因此而混淆。

儘管如此，我仍決定聽從父親的忠告。第二天，我一上學就開始觀察他的說法是否可行，但是那忠告在現實中是毫無用處的。首先，這裡的班長選舉跟漢城不同，漢城是一學期改選一次，這裡則要等到明年春天，而誰又知道那時將會如何分班？再說，五年級才轉學進來的我要在班長選舉中獲勝是不大可能的。就算我能贏，那這段和其他人一起受辱折磨的歲月，想來都像在作夢一樣，而嚴錫大一定不會容忍我從容地準備到明年春天的。

雖然我轉學進來第一天發生的衝突是以我屈服收尾，但這必定給嚴錫大留下深刻的印象，並引起某種程度的警戒心。他不確信自己第一天的勝利，第二天想進一步確認自己的戰果。這件事情還是發生在午飯時間，我正忙著打開飯盒的蓋子，坐在前一排的孩子回頭說：

「今天輪到你倒水，先去倒嚴錫大要喝的水，再回來吃飯。」

「什麼？」

我不自覺地提高了嗓門，那孩子身子一震，看了嚴錫大一下，譏諷似地回答道：

「你聾了嗎？班長口渴要喝水，今天輪到你倒

水。」

「這是誰規定的？爲什麼我們要給班長倒水呢？班長是老師嗎？班長沒有手腳嗎？」

我更加激動地追問著，像這樣子被使喚在漢城是屬於不能容忍的侮辱，我沒有罵髒話就已經很忍讓了。我那高漲的氣勢使那個孩子猶豫了，這時突然從後面傳來熟悉的嚴錫大的聲音，威脅著我。

「喂，韓秉泰，別說廢話，快去倒水！」

「不去，我不願意！」

我冷冷地回絕了，心裡升起的火讓我看不清嚴錫大的臉。嚴錫大大聲地蓋上飯盒蓋子，兇狠著一張臉走近我。

「這兔崽子，連這麼一件小事都不願意做？」

嚴錫大瞪著眼睛威脅地揮舞著拳頭。

「快站起來，過去倒水！」

他心裡似乎是決定要用蠻力讓我屈服，他的大拳頭隨之向前一擺，可怕的氣勢使我嚇了一跳，馬上跳起來。但我決定無論如何都不能去倒水，我遲疑了一下，想出個好辦法。

「好，那麼我先問過老師後再給你倒，我要問是不是班上的同學都應該倒水給班長喝？」

我這樣說完便昂首闊步地準備走出去。因爲我曾看到過他對老師的諂媚神色，所以抱定一種下賭注似的心情，卻未預料到這個賭注的效果如此之大。

「站住！」

我剛跨出幾步，就聽到錫大的怒吼聲，然後他對我咆哮：

「知道了，算了，你這種狗崽子倒的水不喝也罷！」

我似乎是漂亮地贏得了一場勝利，但事實上，這就是我後半年孤獨、疲憊的抗爭的開始。

對於過去一年從未遭遇抵抗而隨心所欲地支配那一班同學的錫大而言，「我」是可憎可恨的。那天我的行動可說已超越了單純的抵抗，看起來根本就是一個重大的挑戰。更何況，如果他狠下心的話，憑他的力量是可以隨便修理我的。身爲班長，他有級任導師賦予的合法權限，也有著全年級最厲害的拳頭。

但是他沒有性急地使用暴力，沒有直接露出敵意，更沒有利用老師所賦予的檢查作業和清掃的權力來欺負我。現在回想起來，他那種沈著和縝密，完全不像個小孩子。

他接下來對我的迫害和不滿，幾乎都來自看似與他無關的地方，爲一點小事而對我大打出手的，看起來也不是和錫大關係很密切的人；班上的孩子一起取笑我、捉弄我，也總是在錫大不在的時候；同學對我露骨地顯示出敵意，他們遊戲時會毫無理由地把我排除在外；而他們圍在一起興致勃勃地喳呼時，只要我一走近他們就立刻閉緊嘴巴。沒錯，這一定都是起因於錫大，但我從未在這些時候見過他的影子。

在大人看來毫無意義的小事，在孩子眼中卻是極爲重要的資訊——比方說，在哪塊空地上有賣藥商，哪裡搭起了雜技團的帳篷，公立運動場什麼時候舉行鬥牛比賽，江邊何時放映文化院的免費電影——這些訊息的傳遞，我都經常被排除在外。從外表看來，這似乎也和錫大毫無牽連。

相反地，錫大自己經常以救援者或仲裁者的身份來接近我。每當我與那些惹事生非的孩子打得汗流滿面時，前來勸阻的是錫大。我有時孤獨地徘徊在孩子遊

戲的圈子外時，也只有錫大在，我才有可能加入遊戲。

但是錫大即便如此沈著、周密，我還是敏銳地察覺到，這些孩子對我的欺負和錫大的救援之間有一條看不見的繩子連繫著。我已冷澈地看到，這不過是個陰謀，其意圖是讓我接受他的控制。因此他所給予的救援和排解，與其說讓我感謝他，倒不如說讓我產生無比的屈辱感。每當那些時刻，我心裡都升起更強烈的敵意——那就是以後在漫長艱難的對抗中讓我能持續忍耐的力量。

在打架這件事情上，一個十二歲的孩子最先想起的勝利肯定是以力氣獲勝，但是在跟錫大的抗爭中，打架是不可能贏的。錫大比我高一個頭，力氣又是那麼大。聽說他是因爲戶籍弄錯了年齡，所以才跟我們在同一個年級，但他至少比我們大兩、三歲。更何況，他打架的本事也是與眾不同，和我們不可同日而語，他在四年級時就曾經打敗過中學生，他的身手是那麼敏捷、大膽。

所以我的第一個計畫，就是把他身邊的孩子拉到我這裡，尤其是拉攏後排三、四個和他一樣高大的孩子。我想，只要他們願意跟我同心協力，就可以和錫大挑戰了，所以我把全部的重點都放在這件事情上，但他們卻似乎都不領我的情。挨著媽媽的責罵勉強領來的零用錢，只能一時討好那些孩子，但只要是一提到要他們背叛錫大就每次都失敗。他們對我有一定程度的好感，但只要一旦試圖煽動起他們對錫大的敵對感時，他們便不肯聽命而緊張起來，第二天起，他們就開始躲著我了。他們對於錫大似乎懷有一種出於本能的恐懼感。

現在回想起來，當時的失敗當然在於錫大有與眾不同的統御能力，而我自身的失誤也是很大的原因。雖然他們只是小孩，但他們的心靈也渴望擁有大人的自由與正義。但我因爲個人的好惡和急躁，沒能以正義說服他們，而只是用眼前的小利益進行收買，這不是已經有點類似大人的煽動中那種低級而狡猾的政治手腕了嗎？

不過，在跟錫大的抗爭中，最具決定性的失敗是在我一直頗爲自信的學業上。從一跟他對抗開始，我就打算在成績上勝過他。正好四月中旬有月考，從學校預告考試開始，我就做好準備，等待機會了。

我在學業方面有自信是有理由的。

從漢城小學與這所小學的差距來看，在這裡拿第一名是輕而易舉的，而且在我眼裡，錫大怎麼看也不像會唸書的孩子。直到現在，我依然能夠一眼就斷定這個人是屬於智力型還是體力型，而且我的判斷一般都是正確的，也許這種習慣是從那時起養成的也未可知。

我苦苦地算著日子，等待考試的來臨，但結果卻大出我的意料之外。令人驚訝的是，錫大平均成績98.5分，不僅在我們班是第一名，在全年級也是排第一名。而我平均92.6分，雖勉強能排班上第二名，但在全年級已是十名之外了。在力氣上我們有差距，在成績上我竟然也不是他的對手，這清楚的結果讓我覺得奇怪也罷，讓我憤恨也罷，但我終究是莫奈他何了。

雖然如此，我仍然被一種藏在心底深處無可言喻的抗爭熱情纏繞，無法從中掙脫。打架也好、分派也好、功課也好，勝利都不屬於我。而我下一個目標就是尋找錫大的弱點——尤其是他對孩子做的壞事。大人在鬥爭中黔驢技窮而轉而試圖暴露他人的醜聞陋行，這一點我算是早早就體會到了。

我追根究底地調查錫大做的壞事，首先就是要離間他和老師的關係。我知道在錫大所擁有的力量中，有許多都是來自於老師對他的信任，而且這種信任並不比他打架技巧的威力小。清掃檢查、作業檢查，甚至於處罰的權力都在他手上。老師這種盲目的信任對他的暴力賦予了合法性與君臨天下的強力統治——雖然我沒有辦法說明得很有條理，但在我的眼裡，這些都顯而易見。

不過，做起來就不容易了。從教室裡那種竭力壓抑的氣氛，和小孩子陰沈壓抑的臉色看來，讓人覺得只要挖掘，錫大的罪行就會洶湧而出，但實際上我卻什麼也查不到。他分明打了孩子，讓他們痛苦，但總能在事後得到老師的追認，而他無須付出代價地吃、用別人的東西，形式上卻都是小孩子主動贈與的。

相反地，我愈觀察錫大，愈發現他沒有理由不受到老師的信任。因爲他，我們班的秩序比任何別班都好，足以成爲別班的模範；他的拳頭比導護老師或六年級糾察隊形式上的管理，更能有效率地阻止我們班的同學吃零食，或做出違反其他瑣碎校規的事。交給他管理的清掃檢查，使我們的教室比其他任何教室都乾淨。我們的花壇也開滿美麗的花。他負責的實習監督，使我們的實習園地收穫最豐富。因爲他的強迫分攤，我們班的辦公用品也比其他班多，尤其是我們教室牆壁上還掛有許多有價値的相框。他所領導的運動隊伍爲我們班拿到了各種班級對抗賽的勝利。他模仿大人「用錢打賭」的方式，使他的作業指揮要比導師親自出馬更能帶動孩子的積極性，把班級的事情做得更好。雖然不是什麼榮耀的事，但他的拳頭宰制著整個年級，至少我們班的孩子不會發生被別班同學打的事情，所以老師也沒什麼不愉快的。

不過，我謀反的計畫越是沒希望，我就越強烈地執著要繼續從事那費力的對抗。我的眼睛和耳朵都緊緊地盯著錫大，想要發現他的弊端。

直到現在，我還是不明白錫大對我的反應。轉學到那所學校已將近三個月，在那段期間當中，我從事各種調查他的舉動，他一定也從孩子那裡有所察覺，但他對於一直反抗的我未曾露出仇恨的氣色，甚至連焦急的神色都沒有，這實在不能用相差兩三歲來解釋，只能說是出於他的耐性了。如果我沒有之前所說的那種謀反的熱情，恐怕我那時早已跪在他的面前了。

不過等待總是有價值的，我的機會終於來了。依照雪白的洋槐花開滿了校旁兩側的路來推算，那應該是六月上旬的某一天吧。一個家裡開洗衣店的小孩子尹炳祚拿了新奇的東西到教室裡來炫耀。那是我們稱爲「圓形打火機」的圓筒型高級鍍金打火機。那打火機在大家手裡傳來傳去，引起了小小的騷動，不知去了哪裡回來的錫大走過來突然伸出手：

「我看一下！」

孩子羨慕的叫聲和感嘆的笑聲剎那間平靜下來，打火機已放在錫大的手掌中了。他看了好一會兒，然後面無表情地問炳祚：

「這是誰的？」

「我爸爸的！」

炳祚突然放低聲音回答道。錫大也稍微壓低聲音問：

「他給你的？」

「不是，從他那裡拿來的。」

「你拿來的這件事情誰知道？」

「除了我弟弟以外，沒人知道。」

一聽到這話，錫大就露出曖昧的笑容，然後又好奇地拿起打火機從各個角度仔細觀看。

「啊！這個眞不錯。」

錫大一手拿著打火機，然後看著尹炳祚說。

從一開始就一直注意他們的我，聽到那句話突然緊張起來了。從我的觀察看來，錫大說這話的意思和別人嘴裡說出來是不一樣的。只要錫大對孩子帶來的東西有佔有欲時，就會用「啊！這個很好」來代替，而小孩子聽到那一句話，也大半會把東西給錫大，但偶爾也會有反抗的孩子，如果是這樣，錫大接下來便會說：「那借我一下。」而這句話的眞實意思就是：「給我，臭小子！」那麼，就沒有誰能夠不服從他了。這就是錫大一直以來都是從孩子那裡「拿」，而不是

「搶」東西的眞相。對於當時不懂得「暗示的強要」或「非眞意的意志表現」概念的我而言，那只是沒有任何漏洞的贈與而已。但是，那一天我看出那是赤裸裸的壓迫，連最起碼的掩飾也沒有。不出所料，炳祚哭喪著臉強烈地反對說：

「還給我吧！在我爸爸回來以前，我得放回去！」

「你爸爸去哪兒了？」錫大理都不理炳祚伸出來的手，小聲問道。

「漢城，明天就回來！」

「是——嗎——？」

錫大拖長了語調，再一次看了一下打火機，忽然想起什麼似地回頭看了我一眼。我正期待著抓住他的致命把柄而緊盯著他們的時候，被他突然射來的目光震住了。他的目光中隱藏著一種厭惡，一種怒火，但卻在一瞬間消失了。錫大以一種渾若無事的表情把打火機還給炳祚說：

「那就算了。只是想借一會兒……」

對於錫大那樣輕易地就放棄了打火機，我眞感到有點失望。他撫摸打火機時的那種貪婪的目光，分明表現了他強烈的佔有欲，可是卻又能那麼平靜地控制下來，這種感覺眞讓人有些害怕。

不過錫大終究不是無懈可擊的。那天放學回家的時候，炳祚跟早上明顯不同，一張充滿擔憂的臉拉長著，肩膀無力的垂著，遠遠地落在吵吵嚷嚷的小孩子們的後面。看到這種情況，我突然明白了。

剛好我們住的地方相距不遠，可以和他一起回去，不過我特意保持了一段距離。誰知道哪裡藏著錫大的耳目呢？等到同學各走各的路，分散開以後，我看到炳祚拖著疲憊的腿慢慢地走著，我便快步走上去。

「喂，尹炳祚！」

還差幾步遠的我叫了他一聲，正在專注地想著心事，緩緩地走著的他嚇了一跳，吃驚地回過頭。

「你的打火機被錫大搶了？」

我沒等他回過神就開門見山地問。炳祚很快地看看四周，洩氣地說：

「沒有被搶……是借的。」

「那不就是被搶了嗎？你爸爸不是明天就回來嗎？」

「我只能叫我弟弟什麼也別說。」

「這麼說，就是你偷了你爸爸的打火機獻給錫大了？你爸爸丟了那麼貴重的東西，會沒事嗎？」

炳祚的臉更加黯淡了。

「事實上，我也擔心這個！因爲那個打火機是在日本的叔叔送給爸爸的禮物。」

接著，炳祚好像因為將事情說了出來，而寬心了不少似的，像個大人般歎了口氣說：

「可是怎麼辦呢？錫大說他要。」

「他不是說借嗎？借的就要還啊！」

我討厭炳祚那副軟弱妥協的樣子，就諷刺了他一句，但是這個小子陷在自己的憂慮中，對我的諷刺一點感覺都沒有，隨後他說：

「他不會還的。」

「是嗎？那就不是借，是搶了！」

「……」

「不要這樣——告訴老師還比較好，比挨爸爸罵要好吧？」

「那不行！」

炳祚的聲音突然提高了，脖子猛烈地搖動著，表情異乎尋常地堅決。我又再次碰觸到這些孩子心靈深處我所不知道的那部分。

「那麼害怕錫大嗎？」

我想這是一次確切瞭解錫大的機會，我輕輕地挑動這小子的自尊心，但沒有用，他的眼睛裡升起受辱的烈火，但他的回答卻是無比堅定。

「你不懂，別多事了。」

雖然如此，我倒也不是一點收穫都沒有。他一說完，就像是蚌貝一樣緊閉著嘴走路，我跟在他後面不斷煽動他，至少我讓他知道那打火機不是被借走，而是被搶走的。這個事實對於一直在尋找錫大不法行爲證據的我來說，實在是個千載難逢的好機會。

第二天早上，我一到學校就趕忙到教師辦公室找導師，我並沒有覺得自己做的事很卑鄙，在告訴老師尹炳祚事件的同時，我又把這段時間內我看到、聽到過的類似事情都講了出來。可是，面對漢城來的學生自以爲是的聰明，導師的反應卻出乎我的意料之外：

「什麼話啊？你確定嗎？」

從老師問我的表情，我已看出他覺得麻煩。我感到委屈，打算把錫大的所有壞事都說出來，但是導師根本不想聽我說，反而用一種不耐煩的聲音把我趕了出去。

「知道了，回去吧，我等一下會調查清楚的。」

導師的反應使我不敢相信他，但他既然已經說了會查清楚，還是讓我抱著一線希望，並等待上課時間的來臨。然而就在距離朝會不久的自習時間裡，發生了

一件改變一切的事情，一個工友從後門打手勢叫錫大，小聲地對他說了什麼。這個畢業兩年，現在當工友的孩子忽然使我感到不安起來。因爲我想起在我告錫大狀時，他就在不遠的油印機前忙著印東西。

不出所料，錫大回到座位後想了一會兒，就從口袋裡拿出打火機走到尹炳祚面前：

「你說你爸爸今天回來吧？來！這個還給你爸爸。」

錫大把打火機還給炳祚，說話的聲音更加響亮了。

「我是怕萬一不小心著火，所以先代爲保管。小孩是不能拿這個玩的。」

這聲音大得全班同學都聽得到，剛才還搞不清楚狀況的炳祚，這時才鬆了一口氣。

就在離錫大將打火機還給炳祚不到五分鐘的時間裡，導師板著一張和平常不同的臉走進教室。

「嚴錫大！」

導師走上講臺後就立刻叫嚴錫大，並且對面色泰然站起來應聲的錫大伸手說：

「打火機拿來！」

「什麼？」

「尹炳祚父親的打火機。」

老師話一說完，嚴錫大就立刻面不改色地回答：

「已經還給尹炳祚了，我是怕萬一玩出火來，所以才代爲保管。」

「你說什麼？」

導師狠狠地瞪了我一眼，就叫了尹炳祚起來對質：

「嚴錫大說的是真的嗎？打火機在哪？」

「是真的，在這裡。」

尹炳祚立刻回答，我對這話真是無可奈何。對於這突如而來的情況，我不知道該從何解釋，只能傻傻地坐著，直到聽見導師叫我的聲音。

「這到底是怎麼回事？」

導師語氣裡已經帶著責問了。

「他是剛剛才還的……」

我猛地跳起來大聲回答。一想到老師不相信我，我的聲音不自覺地發起抖來。

「夠了！明明沒什麼事……」

老師打斷了我的話，讓我不能將小工友通風報信這重要的事情告訴他，但是說實在的，我也沒有工友通風報信的證據。

這時導師不理我，向全班同學發問：

「嚴錫大欺負你們的事是眞的嗎？你們當中曾經發生過這種事嗎？」

老師一副既然已經開口就得徹底追查下去的口吻。很有趣的是，孩子們的臉一下子都凝固了，導師看到後馬上換上一種柔和的語氣問：

「有甚麼話都可以在這裡說，不用怕嚴錫大，說吧！東西被搶或無緣無故挨揍的，誰都可以。」

不過別說舉手或站起來了，連稍微表現出猶豫的孩子都沒有。我偷看到老師竟異常地安下心來，他又看了小孩子們一眼，問道：

「沒有嗎？我聽說有不少的嘛！」

「沒有！」

以錫大旁邊的幾個孩子爲中心，班上一半左右的孩子都叫了起來。導師的臉亮了起來，像是要再次確認似的問：

「眞的嗎？眞的沒有這樣的事嗎？」

「是──沒有──」

這次除了我和錫大，所有的孩子都大聲回答。

「知道了，那麼朝會開始。」

老師好像一開始就知道了事情會這樣收尾，事情結束後，他就打開了點名簿。老師雖然只聽信錫大和孩子們的一面之辭，卻沒有把我叫出來當面訓誡，我已經感到萬分慶幸了。

後來雖然開始上課，但因爲那個有口難辯的大逆轉，使我茫然失神，耳朵裡根本聽不進老師的話。只有錫大得意洋洋地回答老師問題的聲音，在我的頭腦中奇怪地嗡嗡作響。等我聽到老師的話，已經是第一節下課了。

「韓秉泰，到辦公室來一下。」

老師竭力擺出平靜的表情，話說完便轉身出去，但他的背影卻隱約帶著一種憤怒。我機械式地站起來，跟在他後面。

「臭小子！原來是個打小報告的傢伙。」

不知道是誰充滿敵意的聲音傳入我的耳朵。

「把別人的錯誤告訴大人是不好的行爲，而且，你還說謊。」

導師彷彿爲了消除怒氣似的一口一口地吸著菸，我一走進辦公室，他就這樣說我。他看我說不出話來就不急著責備我，想看我是不是自己能承認錯誤，於是又加上一句：

「你從漢城來，功課又好，我曾對你寄以厚望，但老實說，我眞有點失望了。我已經是第二年擔任這個班的導師，以前從未發生過這種事，我眞怕那些單純的孩子會變得和你一樣。」

走出教室時，孩子們充滿敵意的嘲諷已經讓我火冒三丈，而此刻聽了老師這樣武斷的話，我差點大叫起來。不過，突然而生的危機意識把我從盲目的衝動中拉出來。無論如何，如果這件事不挽救回來，我就完了——我被那種急迫感緊緊抓住，拼命地振作起精神。

「小工友把我向老師告狀的事告訴了錫大，錫大聽到了那些話——就在老師進教室之前……」

我想起在教室裡來不及說的話，結結巴巴地說出來。

「那其他的孩子是怎麼回事？六十個同學不是都說沒有那種事？」

老師仍舊責備我，但我話已出口，也只能拼命了。

「他們是怕嚴錫大才會那樣說的！」

「這我也想過，但我不是已經問過兩三次了？」

「不過，有嚴錫大看著……」

「這麼說，孩子們怕嚴錫大比怕我還厲害嗎？」

那時，我腦海裡突然想起了一個好主意。

「在沒有嚴錫大的地方，一個一個單獨問，或者寫無記名紙條，那樣一定可以暴露錫大做的壞事。」

我信心滿滿地大聲回答，旁邊的老師都疑惑地看著我和導師。

我充滿信心是因爲這是在漢城當老師遇到無法解決的問題時，常採用的有效方式。例如，不知在何時何地丟的東西都可以用這種方式找到。

「你是說，讓六十名學生都來做告密者？」

導師無可奈何地看了旁邊的老師一眼，歎了口氣說。旁邊的老師也看著我附和著說：

「漢城的老師教錯小孩子的事太多了，眞是……」

我對於自己所想出的方法竟得到這樣的解釋，眞是無法理解。他們都站在嚴錫大那一邊，無論我說什麼都被認爲是壞的錯的，我感到極度的傷心和憤怒。也因爲太過鬱悶，眼淚突然不可抑制地流了下來。

那眼淚竟出乎意料地流出了效果。我突如其來地泣不成聲，淚水簌簌滑落，導師略帶驚慌地抬頭看著我，過了一會兒，他把菸蒂在桌角捻熄，平靜地說：

「好吧，韓秉泰，按你的方法再試一次，回去吧！」

終於，老師的表情似乎也顯示出某種程度地認識到問題的嚴重性。

我不願意讓人看扁，把淚痕擦乾淨後才回到教室，但氣氛卻有些奇怪，平常小孩子吵雜亂跑的休息時間此刻卻安靜得就好像是在上課一樣。我向孩子目光聚集的地方望去，只見嚴錫大站在講臺上。在我進去之前，他們不知講了些什麼，我只看見他對孩子高舉著拳頭。你們知道了吧？——他彷彿

這麼說著。

下一節課，導師好像根本不打算上課了，他抱著一疊試卷大小的白紙走進教室。等嚴錫大「立正」、「敬禮」的口令一結束，他就對錫大說：

「班長到辦公室去吧！把我桌上那張全年級儲蓄實際成績表畫完，別的都做好了，你只要把直線圖用紅筆畫上就行了。」

嚴錫大出去後，導師對孩子們說話的態度就變得和上節課不同。

「這節課要和大家一起處理嚴錫大的問題——上節課老師問的方法不對，現在再問一次，各位同學和嚴錫大之間沒有問題嗎？但是這次你們不用舉手或站起來，也不用大聲發言，更不需要寫名字，只要你們把受欺負的事寫在這張考卷上就行了。據老師所知，你們當中有很多莫名其妙被打的，也有很多學習用品或錢被搶的，不管事情多小，只要有類似的事都寫下來。這與告密或背地揭短不一樣，這是爲了我們班，也是爲了大家，所以不需要看誰的臉色，也不能討論和互相干涉。這件事由老師負責，我保證維護大家。」

然後，他親自把白紙一張張分給大家。

那一瞬間，我對老師的冷酷和埋怨都像雪一樣融化消失。然後就在「就是這一刻了」的氣氛中，我把我所知道的錫大的錯誤都寫了下來。

不過，這群孩子依舊令人不解。我寫了

好一會兒，抬頭環顧四周，卻發現如此專心寫著的只有我一個人而已，別的孩子互相使著眼色，筆連動都不動。

過了一會兒，老師似乎也看出來了，他想了一會，想解開孩子們最後的顧慮，就是要先讓隱形的散佈在全班的錫大親信無計可施——我也認爲這是對的。

「恐怕我又錯了，我想知道的不是錫大一個人的錯誤，而是整個班級的問題。所以不是嚴錫大的也行，無論是誰，無論什麼事，只要是有人犯錯，你們都可以寫下來。明明知道同學的錯誤卻加以隱瞞的，比做錯事的人還要壞。」

老師再次說完之後，零零星星地有人拿起了鉛筆。看到這裡，我也放心了。現在，過去一段時間當中，錫大所犯的錯事將全部暴露出來——我對此深信不疑。於是我也把過去那些不能肯定的事寫滿了那張白紙。

接著，鈴聲告訴我們下課了。導師收好白紙，沒說什麼就走出教室，似乎不帶任何成見，也未曾看誰一眼。

我暗自期待著結果的出現。雖然我不知道我被叫到辦公室時，錫大對同學做了什麼，但是我堅決相信，這一次錫大的罪行將大白於天下。

老師似乎把我們無記名的「狀紙」都看過了。下一節課，他遲到了約十分鐘才走進教室，但是與我所期待的不同，老師對於自己看過的內容一個字也沒提就開始上課了。

下一節課也一樣，下下節課還是一樣，老師像是什麼都沒發生過一樣只是上課而已。上課時，我們的視線偶爾交會，也並未讓我感到有什麼特別的徵兆。然而在最後一堂課下課後，老師終於叫住了我。

那時已是我被莫名其妙的煩躁折磨了兩三個小時之後了。錫大聽同學說了自己不在時教室裡發生的事後，臉上一直是陰沈沈的，一直到第三節、第四節，過去囂張的氣焰也不復出現。一過了午飯時間卻突然變得不同了，他又跟從前一樣，恢復了傲慢和自信。他偶爾向我透射幾縷同情的目光，開始讓我不由自主地不安起來。

「先看看這個！」

我不安地走進辦公室，導師將那一疊無記名狀紙拿給我。我顫抖著接過來，一頁一頁地翻著看。使我吃驚的還不是那一半不顧老師叮嚀依然什麼也沒有寫的白紙，而是另一半寫了字的內容。

正確地數算後，三十二張紙中有十五張是揭發我各種錯誤的：從上學、放學路上吃零食、出入漫畫店開始，到不走校門、越過學校後面的鐵絲網離開學校、踢倒別人小黃瓜田裡的竹架、從綁在橋下的馬屁股拔馬尾巴的毛。在那個年紀所能做出來的種種頑行，那些罪狀比我自己所能記起的羅列得還要詳盡得多。還言過其實地說我認爲這裡的導師比漢城的老師笨，甚至只因我和鄰居六年級叫允姬的女孩子玩過幾次，就說出我和她「糾纏不清」的髒話。

在我之下，被揭發最多的是一個有點低能傾向的金泳基，大概有五、六張紙訴說他一些由於低能而非惡性的錯誤。再來就是在孤兒院長大的李希道的三、四件錯事。最令我氣急敗壞的是嚴錫大，寫他不法行爲的狀紙只有一張，就是我寫的那一張。

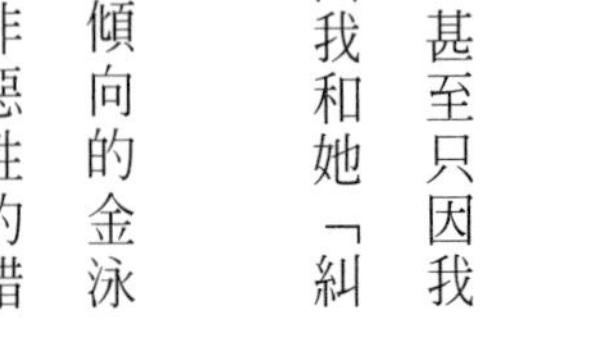

讀完以後，我覺得冤屈和氣憤，但更明顯的感受是陷入無止境的虛脫。不！就像一座堅固而高聳的牆壁徹底堵在我面前，令人窒息、鬱悶。導師平靜的聲音就像從遙遠的天邊灑落下來，在我耳邊縈繞：

「我大概……能揣測出來，對所有的事情……你都不滿意，這裡和漢城的方

式……相差很多。尤其是嚴錫大身爲班長做事的方式看起來不太好……粗暴些，不過這正是……這裡的規矩。設自治會，什麼事都是討論、投票決定——有一些學校的班長只是跑腿的，這我也知道。是啊！漢城的孩子都很聰明……所以班級也要那樣管理。但是在那裡雖然好……也不是在哪裡都適用的。這裡有這裡的方式……你應該要先去適應。你得先揚棄漢城的作法都是正確，而這裡都是錯的這種想法。如果你固執地堅持那是對的……那你的態度也應該要改。不跟你站在同一邊，就要跟全班同學對抗，或者將自己孤立起來，這是不行的。看到了吧？今天……六十個同學中沒有一個站在你那一邊。如果你一定要把錫大從班長的位子趕下來……想把我們班塑造成你在漢城的班級一樣……那麼，你首先得讓孩子們跟你站在一起。也許你會說錫大已經把孩子們牢牢掌握，沒有辦法了——即便如此，你在跑來我這裡以前就應該讓孩子們都站在你那一邊。也許正因爲你沒辦法做到才來找我……還有……也許你會認為孩子們愚蠢，老師應該糾正——那是錯的。就算你是對的……全班同學都支持錫大，我也不得不支持他了。你一定這樣相信……孩子們會支持是因為受到了錫大的威脅或誘騙……但這都一樣。我無論如何……對於錫大能讓孩子們這樣做的能力……是無法不尊重的。到現在仍毫不渙散、表現良好的班級……我不希望它崩潰。再加上……不管怎樣，錫大是全學年成績最好的……有領導能力……他是模範班長。不要只用斜眼看人……他的優點——你也應該承認。還有……最重要的是融入孩子當中……試著和他們一起重新……開始吧。如果你想跟錫大競爭……就得公平地競爭。知道吧……」

導師的話間間斷斷持續著，他也許認為如果他大聲責備，我一定會加以反抗，會提出不同的意見。是的，如果老師擺出一張氣憤的臉或是對我表示厭惡，那我是不會像現在記得的那樣靜靜地坐著聽。但是他控制著自己的感情，盡力想瞭解我的那種語調，那種爲我擔憂的眼神，把我最後僅剩的力氣都奪走了。我像失神的人一樣，好一陣子坐著聽老師那套無情的、毫無誠意的奇怪理論。最後當我離開老師辦公室時，我的身體和心靈就像是擰過的衣服一樣乾涸。

如果抗爭指的只是攻擊性的想法或積極防禦的概念，那麼我跟錫大的抗爭，到那一天爲止就算是結束了。但如果不服從與不妥協也可視爲抗爭的一種型態的話，那我孤獨而疲憊的抗爭還是持續了兩三個月。我被愚蠢卑鄙的烏合之眾踐踏的眞誠信念，轉化爲頑強的恨，支持著我繼續忍耐下去。

我的手段已然用盡，也不再有任何抵抗的方法，這雖然很明顯，但愼重的錫大仍沒有直接和我作對。不過他的攻擊不知比以前要強烈、嚴厲多少倍，因此我的學校生活也不知要比以前痛苦、孤單多少倍。

最痛苦的是從那天開始，隨時隨地都有人找我打架。在那個時候的所有班級，打架就像考試排名一樣也是有劃分等次的。我的體力與耐性原來的排名大約是十三、四名。但是突然間沒有人再尊重那個等級，連那些原本被我打敗的孩子，也無端、蠻橫地向我挑釁。當然，對於這樣的挑戰，我也是二話不說地全力應付。但是我的打架名次卻一天天地後退了。憑藉著力量和耐性本來一定能贏的對手，一旦開始打架後，我卻總是慘敗。以前會哭叫或逃跑、自認失敗的孬種，現在不知爲什麼總堅持到最後，那些圍觀助陣的孩子也只爲別人加油來壓制我的氣焰。當我們一起滾到沙地上，不久總會有不知誰的另一隻手伸過來幫對手把我壓到下面。打火機事件後不到一個月，我在班上除了那幾個沒用的傢伙外，在打架上，我大概已經被擠到最後一名了……

其次讓我難過的是朋友的問題。轉學到這個學校已經一個學期，我卻連一個朋友也沒有。打火機事件發生以前，因爲我費盡心機地討好而偶爾會來我家玩的孩子有五、六個。但是那件事情以後，不但是在學校，連放學後住在我家附近的班上同學也沒有人願意和我一起玩了。這種情況比以前撇開我更嚴重，他們徹底地疏遠了我。

那時候根本沒有像今天這種設備齊全的兒童遊樂園，更不用說可以一個人玩的電視、電子遊樂器，連適合孩童的讀物和玩具也不常有。所以在那時，「沒有朋友」可說是很大的懲罰。一直到現在，只要想起那時候的午餐時間或上課前、放學後的遊戲時間仍令我心寒。不能加入任何遊戲的我，只能坐在教室窗口或遠遠地站在操場陰暗的角落，發呆地望著小孩子分邊比賽。用嬰兒腦袋大小的橡皮球玩足球是那麼有趣，玩著沒有球棒的壘球遊戲和八字遊戲的孩子們，那種彷彿要笑掉大牙的模樣，又是多麼開心和幸福。

放學回家以後的情形也沒有更好。我如果不想擠在那些陌生得像是外國人的

別班孩子裡受排擠，也不想夾在高年級學生中當小嘍囉的話，就得無聊地做低年級學生的隊長。這就是我在鄰里間所擁有的全部選擇了。如果還有的話，那就是躲在漫畫店黑暗的角落裡，或是跟相差四歲的弟弟打架，打到媽媽氣炸。

有次發生了這樣一件事。隔壁班新轉來一個比錫大更高、力氣更大的孩子，下課後，他跟錫大約好在學校旁的松林裡決鬥，我們班集體去為錫大聲援加油。身為班上一份子，我也加入錫大的一邊跟在孩子們後面，而孩子們似乎也只有在那一天沒有注意到我的存在，我才能和他們成為一體。一直到錫大勝利，那種氣氛還維持了好一陣子，大家像歡迎凱旋的英雄一樣歡迎他。被圍在中間的錫大因費力打架而大汗淋漓，滿身是泥，有一個孩子提議去溪邊洗澡，其他人也都一致贊成，我悄悄地跟隨著他們，不過到了溪邊，錫大發現了我，輕輕皺了皺眉，氣氛就全變了。

「喂！韓秉泰，你怎麼也來了？」

一個善於看錫大眼色的傢伙冒出這樣一句，其他孩子也開始逼問。

「眞是的，什麼時候混進來的？」

「小子，誰讓你加油了？」

我突然鼻子一酸，眼淚在眼眶裡打轉。雖然並不明顯，但我深刻地感受到被疏遠的人所受到的冷落而品嘗著苦澀的孤獨。

雖然打架排名荒謬地被往後擠，而且孩童無理的疏遠讓我非常痛苦，但同樣痛苦的是我被他們公然且合法地迫害。如前所述，跟大人的世界相同的是，小孩的世界裡也有應該共同遵守的規範，而正如大人不可能遵守全部的規定，小孩子也一樣有很難做到的事情。有句話說，沒有抖不出灰塵的衣服。嚴格來說，就像大人在瑣碎的犯罪或不道德的劣行中度過一樣，小孩子也是在闖禍中度過每一天。違反校規、校長的訓示、週訓、級任老師的話、自治會的決議，或者不聽父母與長輩的話、違反一般社會對兒童要求的行爲規範等等——我只要稍微犯到其中一點，就會受到最嚴厲的監督和責罵。

指甲長了一點、理髮遲了幾天，我往往就會被記錄在衛生不良者的名單中；衣服破了或掉了扣子，也會因爲違反服裝規定被處罰。小孩子上下學路上跑去買零食是司空見慣的事，但只有我會被導護老師抓到；躲在街上的漫畫店裡看漫畫，也會傳到導師耳中而挨罵。總之，別的孩子都做的，或者偶爾倒楣被抓到輕輕責罵一下就可以結束的事，換成是我做的就像是犯了天大的錯誤，要在大家面前被聲討，要記錄在自治會議上，要挨導師的打，或以打掃廁所等懲罰作爲結束。無論何時，告密者總是別人，但背後一定是錫大在指使。

由於老師的全面授權，在大部分的情況下，錫大擁有處置這一類犯行的監察權和處罰權，當有什麼事情被告發的時候，錫大看起來好像是極其公正地行使他的權力。例如當他底下的那些嘍囉和我一樣被抓到時，我們在大家面前接受同樣的處罰，但是只有錫大與當事者知道，處罰我們的執行方式是不一樣的，這讓我爲之咬牙切齒。同樣被罰打掃廁所，那些人只要大致清掃完就可以回家，而我卻得用水把地面的污垢也刷乾淨以後才能回去。

雖然某種程度來說只是臆測，但我的確認爲錫大是處心積慮地濫用自己的合法權限來對付我。好比只有我會突然遇到令人措手不及的衛生檢查，而別的孩子都會在前一天被告知；偶爾有一天我在上學的路上被馬車刮破了衣服，那一天就會突然實施服裝檢查。最後因爲如此，我不僅在班上，在全校也成了名符其實的不良學生。

在學校的生活變得如此，功課方面自然也不順利。與我剛剛轉學時要當第一名的決心完全不同，我的成績逐漸下滑，到第一學期結束時，成績僅排在班上的中段而已。

但無論如何，我都沒有坐視他們的壓迫和欺侮，我依然絞盡腦汁，費盡心思地尋找力量和方法來改變這種狀態。其中之一就是動員父母，在對老師的期待完全絕望之後，我第一個向爸爸吐露了我孤獨、困難的對抗，並尋求幫助。但是爸爸已然不同於以往，變得軟弱而扭曲了的他，與無情冷酷又毫無責任感的導師並無太大不同。

「沒用的東西，自己的事自己解決！如果你力氣不夠，難道沒有石頭和棍子嗎？先在學業上贏過他，其他孩子還會不跟從你嗎？……」

也許是因爲我從個人的好惡上出發，所以沒能將事情的眞相說清楚，也許是因爲父親以爲我的事就和小孩子平常的打架一樣常見，但因爲父親當時的那種脾氣，使我失去了繼續說下去的動力。

就這樣，焦急而費力地想瞭解我的就只有母親了。她在旁邊聽著，反駁著父親，繼續耐心地詢問我各種事情。第二天一大早，母親就去了學校。我對母親寄予無限期待，但這個行動最後也被證明是沒用的。

「你這孩子，爲什麼這麼小心眼、這麼愛嫉妒呢？還有功課又是怎麼了？你到底怎麼了？還跟媽媽說謊……今天我和老師見面，談了兩個小時，也見過嚴錫大了，很溫順，根本不像小孩子，很豁達開朗，功課也是全校第一……」

我從學校回來後，好像一直在等著我的母親開始責備我。接著是接近半小時的導師似的嘮叨，但我連一句也聽不進去。那時我渾身充滿的只是異常絕

望的虛脫，但即便如此，我仍堅持著對抗的意志。現在回顧起來眞爲自己感到自豪。

不過，對抗結束的那一天也快到來了，那個學期末，我已漸漸開始感到精疲力盡，剛開始時的猛烈鬥志已消失無蹤，那種支撐我的憎恨和厭惡也漸漸麻木了。所以當新學期開始時，我已經開始暗自等待著表示屈服的機會。但困難的是，連那樣的機會也不容易出現。

不管我如何費力對抗，卻一次也沒有與錫大發生直接衝突，一直騷擾我的不是他，而是別的孩子或他的同黨，要不然就是各種規則和班長所擁有的合法權限。以個別的狀況而言，錫大不曾跟我說話或長久地眼神相對。

因此我連抵抗的意志都喪失了，只是孤獨地被隔離於班級之外，但時刻終於到了。因爲隔天有督學來巡視，我們得大掃除，那天下午我們不上課，大家都被分配了任務：清掃教室、花壇、操場和實習園地。

需要打掃、擦拭、整理的地方很多，所以每個人分配到的任務都不少。我被分配到的是擦拭面對花壇的那兩扇窗，每塊玻璃長寬都超過一尺，以兩扇窗戶計算，共有三十二塊玻璃，窗戶後面還有鐵欄杆。這樣的工作份量，平常看起來是很多，但教室與走廊的地板要用乾抹布擦過後再打蠟，以這種程度的大掃除來說，絕不能說分配給我的工作是不公平的。

不過問題是從導師開始的，別班的導師都親自捲起袖子指揮、監督打掃，但我們班導師只是把工作分配好而已，檢查的事跟以前一樣交給錫大，自己很早就不見了。

之前我和錫大公然對抗時，導師不負責任的委任都會讓我反胃。但這一次，我反而覺得自己幸運。我知道如果我努力做事，錫大一定會看在眼裡。事實上直

到不久以前，對於錫大的檢查，我也只是隨便打掃一下而已。

那天我眞的是非常努力地擦拭窗子。先用濕抹布擦拭玻璃和窗沿的灰塵，然後用乾抹布吸乾水份，再在玻璃上哈起霧氣，用報紙和習字紙把窗子擦拭得乾乾淨淨。

這樣做很費時間，當我把窗戶擦乾淨時，其他的同學大部分都完成了自己的任務。錫大跟那些孩子一起在操場上玩球，錫大這一方讓了對方幾個人，但這場足球賽依舊是錫大那一方佔上風。

我去請他檢查時，他剛好在帶球，他把球傳給他的同伴後就大搖大擺地走在我前面，儼然一副導師忠誠的代理人一樣。他的眼睛掃過窗戶時，我的心噗通噗通地跳著等待結果。我自己也看得出來，我擦的窗戶是旁邊的窗戶所不能比的乾淨明亮。只要他能柔和點對待我，我一定會適當地表露對他的好感，並告訴他我的想法已經改變。但結果卻令人驚訝。

「不行，這裡還有斑點，再擦！」

看了玻璃窗許久的錫大說完後又跑到操場上去玩了。我感覺到血一下子湧到臉上，正想抗議什麼，錫大卻早已跑掉了。

我勉強壓抑內心的激動，從上往下仔細地再檢查一次窗戶，在左邊的窗上眞的有好像流水痕跡一樣的斑點被陽光反射出來。我暗自慶幸剛才沒有當面回嘴，誠心誠意地把它們擦掉，然後我又仔細地檢查，外面還有一些微小的斑點，我也花了相當長的時間把它們擦掉，然後才去請錫大檢查。

那時，不但打掃教室的同學都做完了，連整理實習園地的人也都完成了任務，所以足球比賽場的狂熱氣氛正處於高潮。他們挑選了跑得很快的孩子當作選手，固定以11對13的人數比賽，而且，球是不知道從哪裡弄來的眞皮足球。我不想破壞這種熱鬧的場面，等了好一會兒，直到錫大進了一球，我才上去請錫大檢查。

這次錫大依舊是毫不拖延地走出來，但是結果也依舊相同。

「這裡還有蒼蠅屎！還有，角落裡的灰塵再擦一擦！」

我無法忍受地發出微弱的抗議，我要他和旁邊的窗戶比較一下，可是他連看都不看一眼，冷淡地打斷我的話：

「他是他，你是你。反正這個窗戶就是不合格。」

似乎我理所當然地應該接受另一套嚴格的檢查，這樣爭辯是沒有用的。我再次爬上窗戶重新檢查了卅二塊玻璃的每個角落，這次我不再指望他稱讚，只是全心全意地避免再次不及格。

第三次錫大依然挑我的小毛病，宣布不合格，我刻意地露出無心的微笑想討好他，但這一切的努力都是白費的。雖說已是初秋，但在炎熱的陽光下奔跑的小孩都流了滿身大汗，錫大帶著他們到附近的溪邊沖涼去了。

我已經是第四次爬上窗戶擦玻璃，但此時已是精疲力盡，一個手指都不想動了。我失了神般呆呆地望著錫大他們消失在後面的松林間，我一屁股坐在窗上，瞭解到合不合格不在於我的努力，而是在於錫大的心情。明白了這點以後，我不想再白費力氣了。

不知不覺之間，夕陽已斜倚天邊，校園裡的人跡越來越少。小孩子早已了無蹤影，只是偶爾傳來那些遲歸的老師響亮的腳步聲。我在那段期間，幾次想扔下一切跑回家去，我已然放棄了所有的抵抗來忍耐，但他的行爲眞是太粗暴了。我想像第二天早晨，只聽錫大話的老師當眞打我時，錫大會在一旁看著，露出幸災樂禍的神情。於是我的心馬上平靜下來，並且想出了一個略爲懦弱，卻超乎孩子智力的高級計謀，這時我反倒希望錫大晚點回來了。你如果想看我痛苦的樣子，我就讓你看個夠，如果這樣做能討你的歡心的話——這就是我的計謀。

錫大與同學們再次出現在學校後門時，校園裡蒼鬱的大樹陰影已經完全消失於暮色中了。但這是怎麼回事呢？只看了一眼他們在溪中洗過澡，濕著頭髮，吵嚷著走進學校操場的景況，我居然就不知不覺地流下了淚水，將之前的計畫忘得一乾二淨。從內心最深處，我眞的流出了眼淚。

乍聽之下或許會讓人覺得奇怪，但現在平靜地回顧起來，那時的眼淚也並不是無法說明的。對於拋棄了抵抗的靈魂、失去了憎惡的心靈而言，痛苦能從中擰出的唯一情感就只有悲哀了吧！我當時或許就是爲了自己的無能和孤單而哭泣吧？

「喂！韓秉泰！」

眼淚不可抑制地流著，我正扶著窗沿哭泣時，那聲音從很近的地方傳來。我抹著眼淚望過去，錫大離開同伴一個人走過來仰頭看我，那是一張不同於以往的寬容而關懷的臉。

「現在可以回去了，窗戶合格了。」

我隔著像泉水一樣湧出的眼淚，模模糊糊地看著他的臉，接著又聽到了這柔和的聲音，我想他已看透了我流淚的眞正原因，他也從中確認了自己不可撼動的勝利，也因此而將我從孤獨、疲乏的對抗中解放出來，但是我對於這種寬容是心存感激的。第二天，我就獻上自己心愛的自動鉛筆來向他表示自己的感激……

雖然對抗結束得有些荒謬，我之後的屈服也令我覺得自己不可思議，但屈服的果實卻是甜美的；長久無止息的反抗之後的屈服，更是無限甜蜜。當錫大確定我已被納入他的控制裡後，對我的恩惠就像瀑布一般傾洩而來。

錫大首先施予的恩惠是幫我重新排定打架的排名。那幾個曾因爲錫大的幫助而搶走我名次的傢伙，在付出苦痛的代價後把一切還給了我。那幾個自不量力的傢伙對我放肆地挑釁時，錫大會突然嚇唬他們：

「嘿！你眞的會打贏秉泰嗎？你有自信嗎？」

然後又想激起我的傲氣似的對我說：

「秉泰，你不想再打一次嗎？你甘心永遠在那種沒用的東西底下苟且偷生嗎？」

得到鼓勵的我便在他的安排下公正地在

拳擊場進行較量，曾鬱結了無數怨恨的我出拳更加兇狠，每次也都得到痛快的勝利，我的氣勢嚇壞了很多孩子，常讓他們在還沒開打以前就舉手投降了——就這樣，我雖沒打過幾次架，但排名卻比從前提高兩、三級，上升到十二了。

我也找回了朋友，甚至也再次獲得加入遊戲的權利。我被錫大赦免的消息傳出去之後，小孩子便不再躲避我，反而看出錫大對我另眼看待，在玩遊戲時爭相與我分在同一國，我這長達一個學期的孤獨與痛苦一下子煙消雲散。

我曾經在班上甚至全校當中，因爲違反大大小小的規定而變成有名的惹事生非的學生，但這些規定也不再令我困擾。連微不足道的小事也告我狀的人完全消失，我也漸漸變成了模範生。我所應該遵守的規則並沒有突然減少，我自己也並未改變，但我所受的待遇都與以前完全不同，導師也像迎回放蕩兒子的父親一樣，溫暖地對待我。

情況如此變化，我的功課也漸漸恢復如前。第二學期到了期中之前，我已進入前十名，寒假來臨前的月考，我終於又重新得到了曾屬於我的第二名。隨著成績回升，父母深深的憂慮也消失了，我又是他們引以爲傲的聰明的長子了。

如果仔細推究，所有那些回來的東西其實是錫大從我身上奪走的，冷靜而言，我只是找回了屬於自己的東西，而錫大也只是在一些微乎其微的地方給了我一點好處罷了。但在我的潛意識中，經過一次徹底屈服之後，所有的事情都像是錫大所賜給我的巨大恩惠。

與此相較，錫大所要求的代價出乎我意料之外，可以說是非常小。我想他對別的孩子絕對不是這樣，但他對我，別說是搶我的東西了，連要求都從來不要求。我主動把好吃的東西或貴重的文具送給他，他都不會收，即便偶爾收了也一定會還我貴幾倍的東西。所以回憶起來，反而是我從他那裡得到的更多，但我一想到那些東西都是從別的孩子那裡拿來的就覺得反胃。

還有，錫大從不讓我承擔什麼義務或強迫我做什麼。錫大偶爾會強迫小孩子履行一些不正當的義務，讓孩子十分痛苦，但我卻連一次都沒有。有了這種消極的特權——免除義務與強制行爲——讓我感覺他經常加倍地包容我。

他對我唯一的希望只是要我順服於他所規定的秩序，不要破壞他已然建構好的王國。事實上，那才是眞正的屈服，因爲他的秩序和王國建立在不正義的專制上，而我竟然與其結合，因此我對他的屈服其實是我所付出的代價中最昂貴的了。但已然放棄自由信念，不復記得合理原則的我，絲毫沒感受到羞恥。

後來——當我順服地被納入他所規定的秩序當中，對他的王國毫不批判並視之爲理所當然的時候——我也必須付出受到他恩惠的代價，那就是我的繪畫技巧。上美術課的時候，別的小孩子畫一張畫的時間，我要完成兩幅。那是爲了不太會畫圖的錫大而畫的。因此在「我們的手藝」那欄上，常常同時貼著我畫的兩張畫，分別寫著我和錫大的名字。不過這是出於錫大的唆使或是出於我的主動納獻，我現在已不太能清晰地憶起，所以似乎找不到我被強迫的痕跡。這大概就像是安居在他王國的臣民，自動自發地獻上租稅或服勞役吧！

與歷史書上的華麗篇章不同，我們班的革命是從有點愚蠢的方向突然而來的。第二年，換了級任導師還不到一個月，錫大看來堅實的王國竟在頃刻間崩頹。那鐵拳的支配者一下子淪爲罪犯，從我們的世界裡消失了。

不過，在我說明那場革命的開端和經過以前，我必須先告白一件事，那就是我早就知道錫大的大秘密，這也是他的王國根基動搖的主要原因。

我記得那似乎是發生在當年十二月初的事。舉行月考的那天，爲了公平考試，我們的座位前所未有地被打散了，坐在我旁邊的是個功課很好名叫朴元夏的孩子。在所有科目當中，他的數學特別好，而且也和錫大非常親密，平常擔心數學成績的我一見他坐在我旁邊，心裡就踏實多了。

不過第二節課考數學時，我突然看到朴元夏在做一件很啓人疑竇的事。我被一道應用問題給難住了，我那時並不是想偷看朴元夏的答案，只是因爲好奇想看看他寫了沒有，我一瞥，卻看到全部問題都答好的他正用橡皮擦把自己的名字擦掉。我十分訝異，因爲答案可能擦掉重寫，但是自己的名字應該沒有理由寫錯而再次重寫吧！

因此我竟忘了考試時間沒剩下多久，而開始留意觀察起朴元夏的行爲，他鬼鬼祟祟地偷看監考老師，在擦乾淨的姓名欄很快地又寫上名字，但令人驚訝的是

他寫的名字竟然是「嚴錫大」。寫完名字以後，他才如釋重負地向四面悄悄打量，恰好和我四目相對，但他的眼角泛起一絲笑意，並不像對我有所恐懼或怕我。

「你剛才做了什麼？」

一到下課時間，我就悄悄地問朴元夏，他無奈地笑著回答：

「這次——數學輪到我負責。」

「數學輪到你？那別的科目又是誰代考呢？」

我驚訝而又不知天高地厚地繼續追問，朴元夏環視了四周一會兒，低聲說：

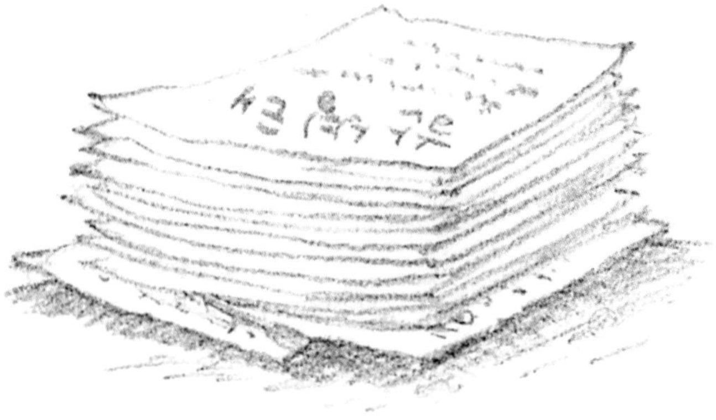

「你不知道嗎？上節課的國語考試大概是黃榮秀做的。」

「什麼？那麼你們……」

「我們是得負責嚴錫大分數的。你是負責美術，趁老師不注意時可以代替錫大多畫一張，考試可不行啊。所以不得不跟錫大交換分數……」

那時我才知道了錫大得到如此驚人的平均分數的秘訣。我未經思考地幫錫大畫圖，也是在幫助他得到全部科目的最優秀成績。

「每一次所有科目的考試都是這樣？」

我鎭定一下驚愕的情緒又問。朴元夏用跟共犯討論的口氣對我所問的問題毫無隱瞞地回答：

「不是所有的科目，大概有兩個科目是他自己作答的，這次只有自然和社會是嚴錫大的眞正實力，但每次的科目和負責的同學也都是要換的。」

「那麼除了這兩個科目以外，其他的科目，嚴錫大自己能拿多少分呢？」

「大概80分左右。」

「所以這次數學考試你損失了15分以上？」

「沒辦法，大家都一樣。再說因爲錫大會公平地變化順序，所以損失都是差不多的。所以除了錫大以外，我們的排名都是按照實力的，如果沒有像你一樣幸運的人插在我們前面……」

元夏指的「我們」是錫大特別優待的六、七個人，都是班上成績最好的同學，雖然我加入沒多久，但也是他們當中的一員了。

「但是……錫大還沒告訴你嗎？奇怪……」

元夏看到我被這個天大的秘密嚇呆的樣子，忽然擔心地問。但卻又像在安慰自己似地自言自語：

「嗯！現在說也沒關係。反正你也替錫大畫圖，那個美術考試也算是你代替他的，還有也許下次就輪到你跟他交換考卷……」

不過就在那時，我彷彿變了個人似的，一股強烈的誘惑突然席捲而來。

那誘惑就是剛才知道的大秘密，那是任誰也不能容忍的行爲，這個確切的證據可以作為翻轉我和錫大早已停止的對抗結果的秘密武器，導師縱使再無情、再不負責任，也不會默許錫大的這種不法行為。只要能揭發錫大，不僅可以報復一直袒護他的導師，更可以報復不信任我、只會壓抑我的父母。那些分明被壓抑得非常痛苦，但卻只能忍耐的小孩子將以我為新的英雄，而我曾忍痛割棄的自由與合理又將能再次恢復。想到這裡，我的思緒也忐忑不安起來。

但是隨著上課鈴聲響起，看著進來監考的導師的臉，我不安的心漸次平復下來。他是那種對既存事物存有高度滿足感並且厭倦新的變化的人，看著他的表情，使我不由想起打火機事件的慘痛教訓，如果沒有如山的鐵證擺在他的鼻子前面，他遲鈍的感覺和對凡事都漠不關心的高牆是不可能拆除的。

我又回頭看看孩子們，能否成為如山的鐵證就全看他們了。但是他們是不太可能突然站在我這邊，而將過去默許或協助錫大的不法行為向老師揭發的。而且從某種意義上來看，他們不也是錫大的共犯？與錫大合作而阻礙老師公正地評分。想到這些，我更加沒有信心了。那時分明是被錫大搶走打火機，但被老師一問卻答說是被借走的炳祚的臉鮮明地呈現在我腦海裡。難得等到一個告發錫大的機會，結果他們反倒全都扯我後腿。

那時我已品嚐到兩個月之久的屈服之後的甜蜜果實，而且世故的計算也阻止著我採取行動。事實上，除了打擊我精神上的虛榮之外，安於錫大的秩序對我是一點損失都沒有的。如前所述，我以前不屈服的長久抵抗現在反而成爲勳章，使我享有多種特權，從某方面來說，現在的我比在漢城的兒童自治會和少數服從多數的規定支配下所享受的自由還要多，對於班上孩子所能行使的影響力也比我在漢城擔任分團長時要大。在成績上，錫大以那種方式扯別人的後腿對我有利無害，因爲除非我想當第一名，要不然根本不需太多努力，拿第二名對我是輕而易舉的事。

但是，決定性地阻止我跑去找導師的不是別人，正是錫大自己。兩個完全相反的誘惑一直困擾著我，一直到考試結束我都無法下定決心。正當我懷著複雜的思緒等待下課時，錫大忽然走到我的桌子前，說：

「喂，韓秉泰，今天考試結束了，我們一起去一個地方玩怎麼樣？」

雖然他是不可能知道我內心所想的事情，但對於他的突然出現，我還是嚇了一跳，站起來問：

「這麼冷，去哪裡呢？」

「美浦怎樣？我知道那裡有個不冷而且好玩的地方。」

美浦位於距離學校五里的松林末端的小溪邊，在大人眼裡，那只是幾座經過砲擊，有一半的廠房都毀損的日據時期的工廠遺址，相當荒涼。但是對小孩子來說，那毀損的工廠正是最好的遊戲空間。

「好啊！」

「我們都去。」

旁邊聽到這話的小孩興致比我還高，開始鼓譟起來，讓我連個不去的理由都找不到。而且爲了避免他存疑，我也不得不贊同，因此我下課後想去找導師的路也就被切斷了。

雖然我是不情不願地跟著去的，但是那個下午愉快的記憶卻異常鮮明。班上所有孩子幾乎都想跟著去，但錫大只從中挑了十幾人。乍看之下像是隨便挑的，但實際上都有他的標準和原則。

「你們帶錢了吧？」

到了美浦以後，我們選定了一個向陽的廢棄工廠，錫大回頭看著大家問。被問的五、六個孩子掏了掏口袋，湊足了當時對我們而言一筆相當大的錢——三百七十圓，交給錫大後，錫大指定其中兩個人去買點心與汽水，然後又回頭問：

「誰住在對面的村子裡？」

這次也有五、六個人回應。

「你們現在回家去拿花生和地瓜。就說跟班長出來進行野外活動，家人就不會說什麼了。」

錫大又對剩下的四、五個孩子說：

「你們去撿木柴，現在陽光雖然很暖，但過一會兒就會變冷了，而且還得烤地瓜和花生。」

那時，我已相當聽從錫大的命令，我以爲我也是屬於剩下的這些撿木柴的人，所以正打算跟他們一起去時，錫大卻叫住我：

「韓秉泰，你留下來，還有事要幫忙。」

我又再次感到一陣莫名的緊張，但馬上我就知道他是出於善意。錫大搬了一些石頭搭好了烤火架後便一直跟我講話，顯示出他好像不認爲我應該做那些跑腿的事情。換言之，雖然我隸屬於錫大管轄，但我和其他那些小嘍囉是不同的。

緊接著，分散四去的孩子們一回來，連屋頂都沒有的破工廠瞬間變成了世界上最快樂的地方。小孩在冬天還有比燒著樹枝的營火更有意思的遊戲嗎？更別說還有在火上烤著的一堆花生和地瓜，以及在食物烤好前足以把肚子撐破的點心和汽水。

我們在那裡吃啊、喝啊、笑啊、吵鬧著，一直到太陽下山爲止。玩騎馬打仗、捉迷藏、唱歌，還有令人捧腹大笑的「放鬆」樂團的演奏——一個孩子脫下自己的褲子，一隻手拉著自己尚未發育完全的小雞雞當成琴弦，另一隻手的食指

模仿拉小提琴的樣子。另一個傢伙兩手巧妙地圍成喇叭狀，還像眞喇叭一樣吹出聲音。還有一個傢伙露出鼓鼓的肚子，咚咚地當鼓敲。在旁邊，有人扭動著身子模仿歌星唱歌，還有人又是倒立、又是翻跟斗滿場轉。

不過有一件最奇特的事，就是那天下午，錫大那種對我不知比以前親切多少倍的態度。他一直讓我擁有不同於其他孩子的特殊待遇，在那裡的遊戲也似乎是爲我準備的娛樂節目。不，那天他簡直是把我提昇到和他自己同等的地位，這樣說也許有點言過其實，但我確實不知道這個可怕的孩子是不是已經知曉我內心升起的火苗，想以權力的甜頭來迷惑我。

無論如何，我完全陶醉在錫大所給予的那種特別的甜頭中。事實上，那天在回家的黑暗路上，我對於想把他的大秘密告訴老師的念頭已完全遺忘。我相信也希望他建立起的秩序與王國永遠存在，更相信和希望我會在當中獲得跟別人絕然不同的地位。然而從那天算起還不到四個月，這個信念和希望就崩潰了，錫大也在我們世界當中永遠消失。

雖然稱之爲革命，但它的出現太過突然，而且又有點愚蠢。這場革命的開端與過程是這樣的——

升上六年級，我們開始正式準備中學升學考試，所以配合這個時間點，級任導師也換了個人。

擔任我們班的導師是個從師範學校畢業沒幾年的年輕老師，他雖沒有太多經驗，但因能力突出、品格剛正而獲得肯定，特別被選來擔任升學班導師。

從眾人中脫穎而出的新老師從第一天起就展現了他的與眾不同，對於再小的事情，他也絕對不會輕易放過，更不會把什麼都當耳邊風，而且他的感覺特別敏銳，第一天下課前，他已經看出些端倪了。

「這個班爲什麼這樣沒有活力呢？大家都在看什麼人的眼色呢？」

他以與眾不同的敏銳觀察力，在開學的第三天就接近了問題的核心。那天進行六年級新的班長選舉，錫大在六十一票中以五十九票當選，導師大爲光火。

「哪有這種選舉？除了無效票和當選者本人的票以外，一致通過？再選一次！」

很快地意識到自己失誤的錫大用手暗示的結果是，在第二次選舉中以五十一票當選，雖然得票數下降，但結果仍然一樣。

「這是什麼？除了嚴錫大，其他九人一人一票？沒有競爭者的選舉有什麼用？」

老師生氣地盯著錫大，又盯著我們。因爲選舉的結果相當清楚，他也不得不任命錫大爲班長，但是說不定那奇妙的革命已經從此刻開始了。

「這些沒出息的傢伙……」

「眼睛都擺正，到處偷瞄像什麼男子漢？」

第二天開始，導師就時時這樣訓斥我們，同時只要遇到困難的問題就叫錫大出來回答，錫大好像也感到了某種危機感而用盡心力準備，但還是不能讓老師滿意。第一次評估考試後的隔天，他立刻責備錫大，便是個很好的例子。

「嚴錫大！你爲什麼考試成績都不錯，但平常表現卻這麼糟。我眞是不懂。」

不過，他可能還是想不到錫大膽敢做出那樣的騙術。雖然老師眼中常常帶著懷疑，但對於錫大已保有的權威和帶動我們班的既有秩序，他雖不滿意，但還是只能勉強接受。

即便如此，老師的態度還是影響了小孩不少，新老師跟錫大不是一國的，他不但不像上一個老師一樣毫無保留地相信錫大，反而常常疑心他，這一切小孩子漸漸都看懂了。前一年我試圖煽動卻沒有反應的小孩，現在都開始有所動作。他們雖然不敢正面挑戰，但小的反抗卻經常發生。出了事不找錫大，先找老師的人也漸漸地增加了。

正如之前一再描述的，錫大確實是個厲害的孩子。雖說比我們大，但也不過是個十五、六歲的少年而已，但他卻已經知道什麼時候該忍耐，什麼時候該退讓，似乎他天生就賦有這方面的才能。以前以拳頭解決的事，現在以怒目代替；從前以怒目相見的事，現在以寬容的微笑代替，他就這樣艱難地支撐下去。見風轉舵的孩子「納貢」遲了，他也自制著不去懲罰，「嗯！這個不錯哦！」和「那個借給我」這樣的話他則乾脆不使用了。

我想，錫大那時也已充分地瞭解到換考卷的危險，但這已經是無法停止的事。既做了過河卒子只能拼命向前，除此以外別無他法。功課不是不能放棄，但將近兩年的「全校第一名嚴錫大」的負擔委實太大……

三月底的第一次月考後，發表成績的那一天，事情終於爆發。那天早晨的朝會，導師鐵青著一張臉走進來，依次發表成績後馬上冷淡地說：

「嚴錫大以平均九十八分在全校拿了第一，班上其他的人都排在十名以外，這個謎，我今天一定要解開。」

然後他突然以兇狠的聲音叫錫大：

「撐著講台邊緣趴下！」

嚴錫大努力裝出一副泰然自若的樣子走到講桌前面，導師沒有任何解釋就下了這樣的命令，錫大一趴下，他就拿出和點名簿一起帶來的粗棍子，朝他的屁股狠狠地打下去。

突然間，像被冷水潑過的平靜的教室裡，充滿了抽打的聲音和錫大忍耐著呻

吟的聲音。我也是第一次看到這樣殘忍的體罰。像小孩手腕般粗的棍子的末梢裂開，一片片地剝落下來，但更令我震驚的不是這殘酷的抽打，而是錫大也會被打這件事。

錫大竟也會挨打，這樣悲慘無力地被打——這不僅是我，我想是班上所有的孩子都感到震驚的。而且這種震驚也必定是老師預先計算好的結果。後來老師帶來的棍子已斷成兩半，但他還是沒有停下來，錫大因無法忍受疼痛，全身爲之扭曲而勉強支撐著，終於一頭趴在地上吐出痛苦的呻吟聲。

導師好像一直在等這個時刻到來。他看都不看倒在地上的錫大，走到講台上找出錫大的考卷，伸到趴著的錫大面前。

「嚴錫大，你看清楚。看到寫名字的地方擦過的痕跡了嗎？」

那時我才知道老師終於發現了錫大的秘密。比起對錫大的同情和擔心，我更想知道事情的結局。如果還像打火機事件一樣，錫大否認自己的錯誤，小孩也和那時一樣異口同聲地聲援他的話，那將會怎樣呢？

「我……錯了！」

過了好一會兒，才聽到錫大令人失望的回答。再怎麼說，他也只是個十五、六歲的少年，而且畢竟是個易於屈服於肉體痛苦的人。也許導師這樣直接地抽打就是爲了引出他這句話。

聽到錫大這句話，在小孩當中又再度引起了一絲看不見的動搖。錫大也投降了——這彷彿不可能發生的事實就在眼前，這就是產生衝擊的原因。我也一樣，在聽到這句話的那一剎那，我也不自覺地顫抖了一下。

導師能夠獲致「有能力」的評價，不知是不是就是因爲他頭腦有條理而縝密？他一得到自己所期望的屈服後，幾乎沒給錫大任何思考的機會，立刻進入了下一階段。

「好，跪在講台上，舉起手！」

導師好像又要開始毒打似的走近錫大並且下達這個命令。後來回想，錫大恐怕也是怕再挨一次奇襲般的毒打吧？他像一隻被鞭子搏倒的猛獸，頹喪地爬上講台，舉起手跪了下去。

看著這樣的錫大，我又再次擁有了奇怪的經驗。從前的錫大，身高和身體看起來都跟導師差不多，甚至好像比老師還高，不過那一天跪在講台上的錫大看上去突然顯得十分渺小。昨天我們那個還那麼高大健壯的班長不知到哪裡去了，眼前的只不過是個跟我們同年的平凡孩子在挨罰而已。與他相比之下，我們導師的身軀卻似乎一下子增加了很多倍，像個全能的巨人一樣向下俯視著我們，想必當時每個同學都有這種共同感受。或許，這就是老師從一開始所想要的吧！

「朴元夏，黃榮秀，李治圭，金文世……」

導師總共叫了六個同學，都是輪流代替錫大考試的班上優等生。他們臉色蒼白，顫抖著走到講台前面，導師的聲音柔和了一點，說：

「你們在上個月的各種考試中，輪流把自己的名字換成別人的，這些我都知道了。怎麼樣？是要挨了打再承認呢？還是我好好問的時候，你們就說出來？是誰啊？你們是跟誰換的分數啊？」

老師的話還沒結束，錫大那一直半閉著、失去焦點的眼睛忽然瞪大了，射出可怕的光芒，無力的手臂也一下子挺直起來。看到這些，孩子們都嚇了一跳，但大勢已去，他們已經看到錫大的脆弱，因此毫不猶豫地選擇了強有力的導師。

「是嚴錫大！」

孩子們異口同聲地回答，錫大痛苦地閉緊了眼睛。錫大的嘴分明是閉著的，但我似乎聽到了他發自內心深處的呻吟。

「好，那麼，爲什麼要做這種事？黃榮秀你先說！」導師的聲音更柔和了，他把棍子垂在地上，像哄小孩似的說，好像只要回答就能獲得寬恕一樣。懷抱著希望的小孩都忽略了錫大的存在，各自說出了自己的理由：都是怕挨打，怕只爲了雞毛蒜皮的小事也被罰，怕在玩的時候被孤單地撇開之類我曾經經歷的往事。

「好，那麼這段期間，大家的感覺如何？」

老師又這樣問，這次孩子們也是毫無隱瞞地吐露實情，然後一半的人說對不起老師，一半的人說害怕被老師抓到。但眞正讓人無法理解的是老師，最後一個孩子說完的那一瞬間，老師的表情一下子沈下來。

「這樣啊？」

老師諷刺似地吐出這幾個字，冷冷地瞪著他們，接著大喊一聲，嚇得我們渾身一震：

「全都趴到講台旁邊！」

然後他走到每個人面前打了十下，被打的期間當中，有幾次他們支撐不住，都趴到了地上。打完以後好久，教室裡都是他們幾個人嘈雜的哭泣聲。

「都站起來！」

他們的哭泣聲慢慢平息，老師叫他們六個人站起來，艱辛地平撫自己的火氣，用稍微平靜的聲音說：

「我本來是想，如果有可能的話，儘量不要打你們。忍受不了錫大的高壓控制，被強迫換考卷是可以原諒的。但你們這段時間的感受聽了卻讓人無法忍受，你們自己的東西被搶走了也不知道生氣，在不義的力量下屈服也不覺得慚愧，算

什麼班上的優等生……如果你們一直以這種心態過活，你們將來所受的苦會比今天挨打的痛苦還要多得多。這樣下去，你們長大成人後所創造的世界眞讓人不敢想像……全部舉起手跪在講臺上再反省一次！」

也許對我們而言，那時老師所教導我們的實在是太難了。坐在座位上的我們沒有一個人能眞正聽懂這些話。即便是已過了三十年後的現在，我似乎也沒能完全瞭解。

在那六位同學淚流滿面地跪在講台上之後，老師終於轉過身來，面對我們這些坐在自己位子上的人。

「到現在爲止，老師知道的只是錫大和他們換考卷，影響公正評分的事。但這不是全部，爲了我們班能重新開始，首先要重新處理過去的事。錫大其他的壞事一定還很多，現在從一號開始，大家輪流將自己所知道的錫大的壞事，或自己受的欺侮，全部說出來。」

老師說這句話時的語氣也是很柔和的，但錫大瞪大了眼睛緊盯著我們，讓孩子們猶豫不決，於是老師的聲音馬上高昂起來。

「五年級老師的事我聽說過了，他說沒有人揭發錫大的錯誤，這個班級沒有問題，他一直很相信錫大。今天我也這樣，你們如果不說，那麼換考卷的事處理完了後，我繼續讓錫大負責一切事物，大家繼續過以前的生活，這樣好嗎？一號開始說吧！」

這句話馬上產生了效果，事實上這群孩子並非是我一向所藐視的孬種，他們只是不知團結起來罷了。他們內心的怒火與感受到的羞辱，跟我是沒什麼不同的。對於變革的熱烈期待也是如此，因此大家都不願意前功盡棄，而鼓起勇氣守住這扇門。

「錫大把我的削鉛筆刀借去不還。在沒有糾察時，搶我的玻璃彈珠……」

一號一開口，二號、三號也開始吐露自己所知道的事情。於是錫大的罪行像水庫裡的水一樣宣泄而出，一發不可收拾：掀女生的裙子、洗澡的時候手淫，要家裡開店的孩子每週繳納現金，向農家孩子要水果和糧食，對鐵匠家的孩子要那些可以換麥芽糖的鐵器，以美化環境爲名挪用收取的辦公用具費用。上一學期他雖不出面但指使別人欺負我的事也有人講了出來。

不過最妙的還是小孩告狀的態度，一開始是迫不得已猶豫地看著老師一點一點地講，但一個一個輪下去之後，越往後聲音越激昂，目光也越來越憤恨地盯著錫大，甚至「小子」、「狗崽子」這些以前說

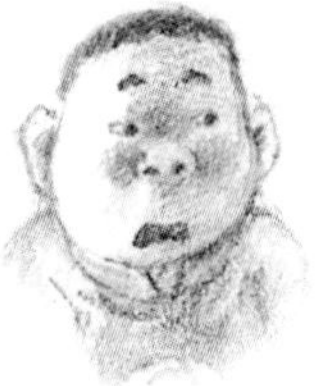

不出口的髒話也脫口而出，這樣看來實在不像是在對老師告狀，反而像是在直接地斥責錫大。

接著，三十九號，輪到我了。

「我不太清楚。」

我看著老師說出這句話的那一瞬間，教室一下子安靜下來。但那只是一瞬間，孩子們比老師更兇猛地向我撲來。

「你眞的不知道？」

「狗崽子，眞是錫大的狗腿……」

「你這傢伙連膽子都沒有嗎？」

孩子們那氣勢洶洶的樣子好像如果老師不在就要對我大打出手似的。那殺氣騰騰的架勢確實讓我心驚肉跳，但我還是堅持住。

「眞的不知道，我轉學來沒多久……
……」

我看都不看他們，只是對老師這麼說。孩子們更兇猛地怒罵我。這時，以一種令人無法理解的眼神靜靜地看著我的老師，讓孩子們安靜了下來。

「知道了，下一個，四十號。」

我說不知道錫大的事，一半是出於眞心，一半是出於傲氣。最近這三、四個月，我和錫大的關係特別親近是事實，但儘管如此，他完全沒跟我分享他的秘密。第一學期，我所受的迫害都是間接的，根本沒有直接的證據——而且關於那件事，別的同學都已經說過

了。再說五年級時，我在班上所處的地位對瞭解錫大隱秘的罪行是很不利的。那一年前半，我是錫大唯一的敵人，後半期我則成了他的左右手。因爲我沒有什麼眞心相待的朋友，只能隱約感受到有什麼不義存在，但對班上發生的事自然沒有知道眞相的道理。

傲氣則是由於前面那些孩子告發時的態度。最熱衷攻擊、揭發錫大的孩子大概可以分成兩類。一類是曾經懇切地希望得到錫大的寵愛，卻因爲各種原因未能得到青睞；另一類則是直到今天早晨還跟在錫大身後一起做壞事的。

一個人要悔改不一定要很長的歲月，屠夫也可以放下屠刀，立地成佛，但我實在不能相信他們突然出現的正義感。到現在爲止，我也依然不能相信那些突然改變信念、見風轉舵的人。尤其是他們在人前如此爭先恐後地表態更令人覺得噁心。如果我堅持要告發錫大其實並不是沒有題材，我那天閉緊了嘴正是爲了要駁斥那些孩子。在我眼裡，那些看見錫大倒下了才敢過來踐踏他的小孩，不過是狡猾、卑劣的叛徒而已。

最後六十一號的告發結束時，第一節課下課的鐘聲已經在不知不覺間響了，但導師根本不理會鐘聲，對我們說：

「好！能找回你們的勇氣，老師覺得還算幸運。未來的事情可以交給你們自己處理，我很放心。不過你們也應該付出代價。第一、是爲你們過去的卑怯付出代價。第二、是爲了未來的生命教訓所付的代價。失去一次的東西是絕對找不回來的，如果你們不學習這次的教訓，下一次如果還有這樣的事，你們也只會等待我這樣的老師出來，痛苦的時候，自己還是不知道怎麼站起來。」

說完，導師向打掃工具箱走去，抽出一根拖把又走回講台命令說：

「從一號開始，一個一個出來。」

那天我們每個人都被打了五下，和前面幾個同學一樣，每位同學都被猛烈抽打，於是教室裡又哭成淚海。

「好了！現在老師能爲你們做的事情已經結束了，都回到自己的座位上去，錫大也回去，從現在開始，你們自己討論怎樣創造一個比別班更好的班級，你們已經學過會議進行方法，對於表決的過程和投票也都瞭解，從現在開始我就在旁邊看。」

打完我們的老師突然以疲倦的表情說著，並走到教室的角落坐在老師用椅上。看著他掏出手帕擦額頭上的汗，就可以知道那時我們挨的打有多痛了。

我以爲那裡的小孩子完全不知道或忘了班級自治會的運用方式，事實上，一旦給他們機會就知道並非如此，雖然氣氛有點不自然，行動也不熟練，但他們其實也能做到跟漢城的小孩一樣。剛開始時，孩子們只會嘟著嘴結結巴巴地說話，但接著馬上恢復自信，動議、附議、贊成、投票，最後決定首先構成臨時主席團，在他們的管理下進行自治會議長團，即班級幹部的選舉。

現在解釋也許有一點晚，但這場看起來不足以稱之爲革命的錫大的沒落，我卻堅持稱之爲「革命」其實是有原因的。雖然打倒錫大舊體制的力量與意志是借助於老師，但建立新的秩序與制度絕對是我們自發的意志和每個人的力量。回憶起那一天我們主動的爭取，處處都可看出是出於老師眞誠、愼重的安排，爲了尊重老師的這番心意，我只能把它稱之爲一場堅定的革命了。

臨時議長經舉手表決由原副班長金文世擔任，經金文世的提議，負責監票、記錄的臨時議長團未經繁瑣的選舉程序很快就產生了。金文世又提議，以抽固定的號碼代替繁瑣的五次選舉程序，大家舉手同意，決定由抽到數字最後爲「5」的五名孩子出任。

隨後就是實施歷時兩小時的選舉，從前只是選舉班長、副班長、總務，但這一次，連自治會的部長和班上的分團長也選出來了。從那以後，我們班開始了爲期許久，導致班上陷入混亂狀態的選舉萬能風潮。

事情是發生在班長選舉的唱票就要結束之際。沒有提名制度，立即進行的選舉，使班上一半孩子的名字都上了黑板，分不出高低上下時，突然從教室後門傳來猛烈的開門聲，精神正集中於黑板上不斷增加的「正」字的我們吃驚地回頭，看到正想出去的錫大瞪著我們大叫：

「走著瞧！你們這些狗崽子！」

才說完，他就飛快地向走廊盡頭逃走了。一直觀察我們，暫時忘記了錫大存在的老師，立即叫著

他的名字追出去，但終究沒能抓住錫大。

那突發的事情使孩子們愣了一下，接著又繼續開票，選舉結果馬上就出來了。金文世十六票，朴元夏十三票，黃榮秀十一票，還有五票、四票、三票，幾個一票，兩張無效票，全班六十一人，共計投下了六十一票。

錫大一票也沒有，他大概是因爲無法等待和忍受這種屈辱的結果而跑出去的。但是他的逃跑不僅僅是在那屈辱的瞬間，從那以後他再也沒有回到學校和我們之間。

雖然很慚愧，不過我還是想說明那兩張無效票的內情。其中一票毫無疑問是錫大的，另一票正是我投的，但是這與許多革命中的反動是不能視爲同質的，我對於已然崩潰的錫大的秩序，以及曾經擁有的特權沒有絲毫眷戀。那時導師暗暗燃起的革命的火苗已蔓延到我身上，我和班上其他孩子一樣，對於新的建設充滿

期待。

但是，當我們眞的開始選舉領導全班的領袖的那一瞬間，我突然覺得相當難堪。功課、打架或別的方面有才能的孩子，沒有一個能與錫大撇清關係。相反的，那些代替錫大考試、幫助錫大騙取老師的信任和寵愛、暗中動手腳、放任錫大威脅班級秩序的就是他們幾個人。我一個人孤單而吃力地反抗錫大時，讓我痛苦的就是他們，而當我成了錫大最親近的人後，最羨慕和猜疑我的人也是他們。

到了六年級也背不好九九乘法的豬腦袋、還沒打架就哭哭啼啼的那些前排的小不點、只會吹牛而讓人瞧不起的牛皮大王，都是不能當班長的。而直到那天早晨還享受錫大保護特權的我更是不行——所以正直的行爲就是投下無效票了。也許我對任何變革都不抱樂觀態度的虛無主義就是從那時開始萌芽的。

不過不管我的情緒如何，那天的選舉都順利地進行了。我們由分團員投票選舉自己的分團長，以我們的手徹底地進行了屬於我們的選擇。我們的紀律規定也做了很多修改，我們所做的令我對漢城的記憶相較之下都黯然失色，一切都經由討論和表決來決定。因此除了來自老師與學校要求，我們不再受任何力量制壓。雖然錫大離開不久後就發生了四一九事件——但是那對於年紀還小的我們而言是很難說有什麼影響的。

當然，我們也經歷了件隨革命而來的混亂與消耗。在之後的幾個月，那並非完全以我們自己的力量所達成的革命，讓我們在學校內外都付出了慘痛的代價。

在教室裡，我們所遭遇到最大的混亂與消耗，是大家觀念的混亂不一。老師的鼓勵和過度膨脹的勝利感，使我們當中的部分人過分地向前奔馳，而尚未從錫大的重壓下覺醒的另一部分人則吃力地向前追趕。這在選舉出來的幹部中亦復如此。假如以大人的話來說，一部分人是極端民主，忽左忽右地隨波逐流；另一部分人是未能清除錫大的極權主義，暗暗地還想做小錫大的夢。還有新產生的意見函，本來應該是國民彈劾制度，卻成了我們告密陷害的工具，以致委員會的組成人員每週都在更動。

我們在學校外面遭受的痛苦，是錫大無法形容的大膽殘酷的報復。錫大離開後近一個月的時間當中，每天我們教室總有一個座位是空的。孩子們缺席的原因是因爲錫大守住村口的路。那時，孩子遭受的迫害不僅僅是缺席一天，錫大會將人拖到偏僻的角落，讓小孩爲了背叛而付出大半天的代價。書包被銳利的刀割破，書和飯盒被扔到水溝裡。之後，孩子們都非常後悔把錫大趕走，因爲他的報復似乎永不間斷。

不過，隨著時間慢慢流逝，這內外的挑戰都慢慢地平息了。

首先解決的是錫大方面的問題。老師誘導的解決方式的確相當特別。我們無

力抵抗錫大，但老師對於因爲錫大而缺席的孩子，體罰得更加嚴厲。

「四個對一個，還被人拉走一整天？眞是笨蛋。」

「你們的兩隻手都被綁起來了嗎？廢物！」

那樣怒斥著抽打我們時，老師整個人都變了。我們不知道老師這麼做的理由何在，但不久效果就不知不覺地出現了。在我們當中，有點力氣的五個牛市的孩子，終於和錫大打起來了。錫大雖然比平常更加兇猛，但這五個孩子也不示弱，終於錫大一難擋五，拔腿跑了。老師獎勵他們每個人一本當時最有名的甘乃迪總統的《有勇氣的人們》，並在全班面前以令人羨慕的讚詞誇耀他們。第二天，在米倉那裡也發生了同樣的事，從此錫大再也沒有在孩子們面前出現。

對我們內部的混亂，老師的態度又與前面截然不同。誤解和摩擦使教室裡嘈雜混亂，但老師好像無動於衷。星期六下午自治會似乎沒完沒了的舌戰往往持續三、四個小時，班長和副班長因爲意見箱的告密，犯了小錯就被迫下台。此番騷動，他總是靜靜地看著，一句忠告也沒有。

這樣過了一個學期以後，我們班恢復了正常。暑假後還有三、四個月就要升

學考試了。小孩子的注意力都集中在那裡，而經驗與教訓也使我們的自治能力獲得提升。在相互鬥爭、琢磨、受苦的那五、六個月的時間裡，我們漸漸都找到了自己該做的事。不過眞的懂得老師的心思，還是又再經過一些歲月之後的事了。

隨著班級生活恢復正常，我受屈辱的意志也漸漸恢復原有的風采。用大人的話來說，我在新班長選舉中猶豫不決地投廢票的市民意識漸漸恢復了，最後並重拾了對自由與理性的信仰。但是有時——譬如當他們在爲看來很瑣碎的事情喋喋不休地爭論不停時，或者班級活動因有人不參加而使我們比其他班級落後時——錫大秩序的效用性會浮現在我的腦海，但那只是個因爲被禁止而更形誘人的誘惑而已。錫大在跟米倉的孩子打過架以後在小鎭消失了。過了很久才聽說他去漢城找母親去了——父親死後，因爲改嫁而把錫大留給祖父母養育的母親。

這以後我的生活依然不輕鬆。在學校與父母的雙重壓力下，剩下的學期不知怎麼度過的。入學考試後，我總算進了一個還不錯的中學。以後的十年在競爭與考試中流逝。於是關於錫大的鮮明記憶漸漸模糊遠颺。當我吃力地進出於一流高中、一流大學，接著又進入社會時，它成了個偶爾在惡夢中一閃即逝的毫無意義的幻影。但是忘記錫大並不只是由於生活的壓力，而是在那段時間，在我的環境裡沒有任何喚起我這個記憶的要素。在菁英與菁英、模範生與模範生的集團中成長，我不再有被壓抑、被剝奪價值感的經歷了。能力與努力，尤其是才智與學識，才是決定一個人地位的因素。在我所處的環境，自律和理性才是典範，錫大從此被當作一個負面的形象埋葬在我的記憶中。

所以，錫大再一次浮現出我的意識表面是我從軍隊進入社會，在生活的泥淖中翻滾將近十年之後的事。畢業於一流大學的我進入大企業工作了兩年，但我只有一種在沙地上建造宮殿的感受，於是我離開那裡，以高級銷售員的身份重新開始。我不願意在工作不自由、管理階層充滿僞善、昇遷不公平的集團中浪費我的年輕與才幹。我一面夢想著銷售員的時代快快到來，一面熱心地銷售著大企業中眾多虛僞、誇大宣傳的商品，每天夾著塞滿了藥品、保險單、汽車商品目錄的皮包到處奔波。國家的七〇年代與我青春的尾巴就這樣過去了。等到終於明白了在這個國家裡，銷售員只是另一種顧客，只是一種使用期限最多兩年的大企業的消耗品時，我已經是個三十好幾、不稱職的家長了。

那時我忽然回顧四周，發現曾被我視爲沙地上宮殿的大企業日漸繁榮，留在那裡的老同事都升到科長、課長，頭上有一閃一閃的光環；從事不動產生意的同學，拿著建築物的租金出入高爾夫球場；不知是做貿易還是開小店的朋友，以用途不明的產品賺錢而得意洋洋；以爲充其量不過當個軍人的同窗，突然坐在中央部會還不錯的位子上；而連重修也被當掉的傢伙竟混了個美國博士，擺出教授的神態。

我是多麼焦急：那時我所關心的不是他們坎坷的成功過程或他們的社會環境，而是他們已享有的果實。簡單地說，我也想快點加入他們豐盛的飯桌。但是那焦急反而把我扔進了更糟糕的生活泥坑裡。我賣掉了辛苦買下的十九坪公寓，東拼西湊借了錢，展開冒險的代理商業務，最後的結局是搬進一個只有兩房的租來的房子，成了失業者。

失業使我進一步認清了世界。那時我突然有了當年轉學時一樣的陌生、奇怪的感覺：在學校的成績或其他足供誇耀的成就都是無用的，僅存的只是被扔進他們的秩序當中，在殘酷王國之中被統治的感覺——從那裡，嚴錫大從遙遠的記憶中復活了。

在這種世界，錫大一定又會擔任班長——我敢這樣斷定。功課的名次、打架的名次都由他操縱，他的欲望可以隨時得到滿足。有時候，我還會夢見回到以前那個班級，與錫大一起分享特權的情況，夢醒時，我竟然十分惋惜。

幸虧這世界跟我們班還是有些不同，還給我留下了一點運用從一流大學裡所得到的知識的地方，從其中我找到了一個地方，就是一個私立補習班。雖然太晚起步的講師生涯讓我有些難以適應，但不管如何，我還是在那裡賺到了養活老婆和孩子的錢。幾個月過去，我們也開始夢想有一天能擁有自己的家。不過對於錫大，我的斷定依然絲毫未變。

偶爾與小學同學碰面，他所透露的消息支持我的看法。

「錫大畢竟是錫大，我看到他人五人六地坐在名牌轎車的後座呢！」

「回故鄉的時候，我的情緒都讓錫大給搞壞了。和故鄉的朋友喝酒的時候，談的全是錫大的事情。他不知道在做什麼，帶著兩個年輕人，大把大把地花錢。」

朋友們用感嘆的語調說著，但我卻覺得他們故意貶低錫大。

我們的錫大不應該是那樣卑下的，如果成功是世俗的，那麼我有預感，我的人生之路必定是失敗的。錫大的力量和成功也不應該只是這麼表面，他是躲在暗處再次掌控著這個班。只要我能放棄關於自由和理性的信念，我會再坐在他的旁邊，我把部分才能貢獻給他，而他就像以前一樣把一切都給我。

不過……我終於也遇見了他，那是去年夏天的事。因爲帶升學班，我只有三天的假期，於是帶著妻子和小孩到江陵去。因爲是好不容易才決定的避暑旅行，我並未刻意想省錢。但剛好快車票賣完了，我們只好坐普通車，開始了疲憊的旅程。孩子太小還不用買票，於是我和妻子一人帶一個，讓他們坐在我們的腿上鬧來鬧去，走道上站滿了人，冷氣雖然開著還是熱得要命，所以好不容易到達江陵的時候，我只想趕快離開車站，正往出口走去的時候，突然從背後傳來熟悉的聲音。

「放開！你放不放？」

我不經意地回頭往聲音的來處望去，那聲音是由一個健壯的年輕男人發出的，距離我們大概五、六步，他正被兩個便衣警察似的人緊抓住手臂，抗拒著。米色的西裝與淺褐色的領帶看上去還蠻端正，但左邊的袖子已在掙扎中撕開了。那張戴墨鏡的臉那麼熟悉，我不由停住了腳步。

「你已經跑不掉了，火車站裡到處都是我們的人。」

一個警察冷冷地說著，從腰間掏出亮晶晶的手銬，那個男人的掙扎更加猛烈了。

「你這傢伙還搞不清楚狀況？」

在一旁受不了的另一個警察伸手狠狠地打了那個男人的嘴角，墨鏡一下子掉到地上，那個男人的臉終於露了出來。啊！他竟然是錫大！將近三十年了，但我還是能一眼就認出他高挺的鼻梁、有形的下巴、和炯炯有神的眼神……

我彷彿見到了不該見的事，緊閉了自己的眼睛。我的眼前又浮現了二十六年前舉著手臂跪在講臺上的錫大。沒落英雄的悲壯美，是不是最後也仍得回到無力的我們當中？

「老公，你怎麼了？」

一無所知的妻子拉拉我的衣角，擔心地問，我這才清醒過來，睜眼向錫大那邊望去。錫大已被銬住了雙手，正費力地擦著嘴角的血跡，跌跌撞撞地被人拖向門口。從我的身邊經過時，那不經意的一瞥似乎並未認出我……

——那天晚上，我在熟睡的妻子和孩子旁邊喝酒直到夜深，後來流下了兩三滴眼淚，但那是爲了我自己，還是爲了錫大；是因爲發現世界依然講點道理，還是由於新的悲觀所流下的眼淚，至今我也沒有答案。

國家圖書館出版品預行編目資料

我們扭曲的英雄/李文烈著；
權史友繪圖；盧鴻金譯.
-- 初版-- 臺北市：大塊文化，2005 [民 94]
面：　　公分.--(Together : 01)
譯自：Our twisted hero
ISBN 986-7291-09-3 (平裝)

862.57　　　　94000901

105 台北市南京東路四段25號11樓

廣　告　回　信
台灣北區郵政管理局登記證
北台字第10227號

大塊文化出版股份有限公司　收

地址：□□□ ________市／縣________鄉／鎮／市／區
________路／街____段____巷____弄____號____樓
姓名：

大塊
LOCUS
文化

編號：TG 01　書名：我們扭曲的英雄

大塊文化 讀者回函卡

謝謝您購買這本書，爲了加強對您的服務，請您詳細填寫本卡各欄，寄回大塊出版 (免附回郵) 即可不定期收到本公司最新的出版資訊。

姓名：____________________ **身分證字號**：____________________

住址：____

聯絡電話：(O)____________________ (H)____________________

出生日期：______年______月______日 E-mail: ____________________

學歷：1.□高中及高中以下 2.□專科與大學 3.□研究所以上

職業：1.□學生 2.□資訊業 3.□工 4.□商 5.□服務業 6.□軍警公教 7.□自由業及專業 8.□其他________

從何處得知本書：1.□逛書店 2.□報紙廣告 3.□雜誌廣告 4.□新聞報導 5.□親友介紹 6.□公車廣告 7.□廣播節目8.□書訊 9.□廣告信函 10.□其他____________

您購買過我們那些系列的書：
1.□Touch系列 2.□Mark系列 3.□Smile系列 4.□Catch系列
5.□tomorrow系列 6.□幾米系列 7.□from系列 8.□to系列

閱讀嗜好：
1.□財經 2.□企管 3.□心理 4.□勵志 5.□社會人文 6.□自然科學
7.□傳記 8.□音樂藝術 9.□文學 10.□保健 11.□漫畫 12.□其他_____

對我們的建議：____

____

____

LOCUS

LOCUS

LOCUS

LOCUS